行走的诗篇

杨漪 著

春风文艺出版社
·沈阳·

图书在版编目（CIP）数据

行走的诗篇 / 杨漪著．—沈阳：春风文艺出版社，2024.1

ISBN 978-7-5313-6556-3

Ⅰ．①行… Ⅱ．①杨… Ⅲ．①诗集—中国—当代 ②散文集—中国—当代 Ⅳ．①I217.2

中国国家版本馆CIP数据核字（2023）第189253号

春风文艺出版社出版发行
沈阳市和平区十一纬路25号　邮编：110003
辽宁新华印务有限公司印刷

责任编辑：姚宏越　周珊伊　　责任校对：张华伟
封面设计：鼎籍设计　王天娇　　幅面尺寸：170mm × 240mm
字　　数：226千字　　印　　张：16.75
版　　次：2024年1月第1版　　印　　次：2024年1月第1次
书　　号：ISBN 978-7-5313-6556-3
定　　价：69.00元

2007.8.2 尼木。

2011.8.7 曲子。

2012.2.12 东坪。

2012.6.22 天峻。

2012.8.24胡家南塬。

2014.12.5玛多。

2014.12.5 玛多。

2014.12.6玛多。

2018.6.18米缸山。

2022.6.30 迭部。

2023.1.13 云龙。

2023.8.29 西峰。

2023.10.9 西峰。

2023.12.11 西峰。

序

2014年，杨漪出版了自己第一部作品集《遗失的诗篇》，集录了二十世纪八十年代开始写作以来、能够收集到的自己的诗作，附录了几篇非诗作品。时隔近十年，杨漪又要出新书了，命之曰：《行走的诗篇》。还是以诗开篇，后面附录了部分行走笔记。杨漪的笔记是腿脚行走的笔记，也是心灵行走的笔记，是行走的诗篇。

一、杨漪是真正爱诗之人。二十世纪八十年代的大学校园，几乎每个人都是诗人。三十多年过去了，那一代写诗的人中，除过少数以写诗为业和真正热爱诗的人，没有多少坚持写诗的了。杨漪大学毕业后所从事的行政工作没有任何诗意，他硬是在繁杂的事务和枯燥的公文中，不断探寻着自己的诗意人生。他的诗数量不多，但一直在写。他从不投稿，所以也没必要研究诗的潮流、揣摩编辑的喜好，想写就写，我写我诗。从热闹中起步，在寂寞中坚守，那才是真正的热爱。在《遗失的诗篇》中，杨漪表达的更多是内心的感受，追求的是写法和技巧，在诗的艺术上，一直走在先锋和实验的路上。《行走的诗篇》中，收录了长长短短一百多首诗，诗风大变，没有写法，没有技巧，只有诗，只有诗的自然流淌。杨漪走出办公室，走出自己沉重复杂的内心，走到人烟寥寥、纯美自然的地方去。他不再用心去思索，用笔去创作；而是用情去感受，用脚去抒写。他的诗中写到很多地方，禾木、鲁朗、玛多、和顺、双江、前所，这些对于许多人、包括旅行者都较为陌生的地方，却都是宁静淳朴、充满诗情画意的所在。杨漪不再需要斟词酌句，他只需要行走。行走就是歌，行走就是诗。年近花甲的杨漪，成了一名行吟诗人。在禾木，杨漪说："我只想做一缕炊烟/在晨光里缓缓升起/又慢慢散开"；还是在禾木，杨漪又说："说一回实话吧/我在禾木/最喜欢做一匹红马/早晨驮你上山/傍晚下山/轻风下来/云彩下来/星星下来"；在扎尕那，杨漪听到："我的房东阿道/站在院子里/念叨说/星星也是扎尕那的孩子/一到晚上/都回来了"；行走到鸦口的时候，杨漪感受到的是："你来与不来/处处黄菊盛开/安静而美好"。在《行走的诗篇》中，随处都能让人感受到这种"安宁而美好"。执着于诗三十多年，写出如此"安静而美好"的诗，杨漪是真诗人了。行吟的杨漪还在自问："永远走不到的时间/是叫远方吗"，而这个问题，杨漪已经用脚作答了：是叫远方，也叫诗。

二、杨漪的另一种行走方式是纸上漫步，书海遨游。阅读，已经不仅是杨漪的爱好，而是他的生活习惯。杨漪阅读范围很广，读书、读字、读画，包括看电影。杨漪是一个纯粹的读者，他的阅读不是为了获取知识，更不是为了写作，动机是兴趣，结果是享受。他的阅读自谓"闲读"，"冬夜寂寥，家中温暖。手捧两本苏东坡，相互参证，如左一盘白糖，右一盘红糖，庄户人持馍蘸了通吃，此读大乐呀"。读者杨漪乐然陶然的情状跃然而出。读久了，读多了，读到好的东西想给别人推介，一时的感想记录下来，于是就有了许多的阅读随笔。杨漪这一类短文很多，收入这本书的很少，但值得一说。如果说阅读是心灵的游行的话，杨漪更像是导游，持"述而不作"之态度，客观介绍了许多电影、书籍、字帖、文物，读之，让人顿生一看、一读、一观的强烈欲望。我一直以为杨漪已经是宠辱不惊、波澜不兴之身，没有想到仍然会“感时花溅泪，恨别鸟惊心”，他读余秋雨的《门孔》，竟然“读毕，我已泪流满面”。是呀，一个人如果真的心静如水，要么就成仙成佛了，要么就是死了，还需要阅读吗？杨漪的阅读随笔最重要的不是告诉了我们什么，而是让我们感受到了什么。我感受到的是一个纯粹的读书人的阅读生活。心向往之。

三、行走和阅读是杨漪业余生活的两大内容。他的行走，有的是行吟，落纸而为诗；有的是漫步，落纸而成随笔。杨漪的诗，我以前基本都读过。他每有新作写出，必会发给我看，有时也会在酒桌上朗诵。杨漪的随笔我以前看的很少，他的随笔真是随意之笔，题目随意，文字随意，点到即止，达意而已，颇具明清文人小品的风度。杨漪走在山川，杨漪走上高原；杨漪走进乡间，杨漪走入博物馆。有些地方，许多人没有去过，也没打算去，但杨漪去了。有些令人向往的地方，去一次就了却心愿，而杨漪会一而再、再而三地去。比如青海湖，比如玉树。体验行诸文字，在杨漪行走的路上，随处都是风景。一朵野花，一片草地，一只飞鸟，一棵古树，一座普通的大山，在他的眼里，都是大自然美的恩赐，他都要用心捕捉，用镜头记录。杨漪热爱摄影，他拍过许多花，许多草，许多山，许多鸟。有一段时间，他特别热衷拍鸟，麻雀、鸽子、布谷、喜鹊，还有鹰。他说：“我上辈子是只鸟吧？从鸟的角度看世界，飞翔亦或只是在高处。”从鸟的角度、花的角度、草的角度、山的角度看世界，他的心“在飞翔”，他“在高处”。我看杨漪，是一只心灵永远在高处飞翔的鹰！

四、我与杨漪中学同学，大学同城，工作同地，相识大半生，经常相聚喝酒，也谈诗说文。写诗时，受教良多；生活中，受惠良多。杨漪于我，亦师亦友。我自以为很了解杨漪，但读了杨漪的《行走的诗篇》，却觉得并不完全了解杨漪。杨漪走过的许多路我没有走过，杨漪看的许多电影我没有看过，杨漪读的许多书我没有读过，杨漪许多美好的追求和向往我没有过。杨漪逛超市，看见两只喜欢的杯子就买了回来，和原来的杯子放在一起，“我试着把这两只取出来，搁在另外的柜子。放了一会，觉得别扭。还是拿出来，放在一起”，这种精致唯美的生活追求我没有。

杨漪要出新书，嘱我写序，我本不敢当，杨漪坚持，只好应承。时值春节，人闲心静，反复品读书稿，神游了更加广阔的世界，走进了一位老友行走的诗意，认识了本来就很熟悉的杨漪。不亦快哉！是为序。

马　野

壬寅年正月初二

目　录

首辑　行走的诗篇

二辑　边走边写

首辑　行走的诗篇

在禾木

1

我喜欢在禾木的感觉
就像烧壶奶茶
或者在午后的阳光里
点燃一支烟

2

其实在禾木
我只想做一缕炊烟
在晨光里缓缓升起
又慢慢散开

3

也许是河谷里一棵桦树呢
对面盘腿而坐的

不仅仅是照我一身
哗啦啦晃个不停
黄灿灿的光

4

我是那头低头吃了草
又低头喝水的牛吧
做了牛
肯定有个理由
你来了
我就是一头埋首不语
鼻子亮白的老牛

5

说一回实话吧
我在禾木
最喜欢做一匹红马
早晨驮你上山
傍晚下来
轻风下来
云彩下来
星星下来

6

没有爬一回山
就不算到过禾木
我的腿老了
就上个坡吧
让我的心里
装满九月禾木的黄金
和白银

7

一个人徒步北疆
一个人待在禾木
在村子里闲逛
曾经是我的梦想

8

我想做禾木的一只鸟哩
叫一声亲
再叫一声就是梦里

9

如果愿意

禾木的每一座木屋
每一条道路
甚至是你抬头望见的
每一眼天空
你听到的每一声呼喊

10

都是因为
一条叫禾木的河流
一座叫禾木的桥梁
一片叫禾木的树林
一个
叫禾木的世界

附记：这首诗写于2016年10月初（或9月底），当时与同学马建宇、李怀江、吴强、于长青结伴同游北疆，历时一周。归来写成这些文字，曾数次酒后朗读，但再未去过。后来就找不见这首诗了，心里一直遗憾。昨天在兰州，去看长青，说起这事。竟然！他说他还保留着，在电脑里。这首诗，能找回来，全靠长青的细心和有心，感谢长青！

2020.9.4

扎尕那印象

1

山的后面是山
爬上去坐在高处
听到流水穿越山谷
看见鸟飞进眼底的树林
昂起头
看不透云雾和后面的山峰

2

扎尕那的鹰
只在高处盘旋
通过一只鹰的飞翔
我能看见山顶的风
呼啦啦地吹

3

东哇村的夜空
总是挂满闪烁的星星

为了看星星
我把帐篷扎在屋顶
我的耳朵
听得见寨子里所有的动静

我的房东阿道
站在院子里
念叨说
星星也是扎尕那的孩子
一到晚上
都回来了

4

扎尕那的每一朵花都美丽
我走不过去也走不回来
每一片草地
都挤满盛开的花朵

那个指给我看一朵百合的女孩子
是叫卡卓基吗

5

阿道的青稞酒
把我变成一只老猫
我喜欢火塘边的温暖
还有扎西老汉的故事

6

我喜欢看早晨的寨子
被阳光一点一点擦亮
拉桑寺的金顶耀眼
卓玛的眼睛明亮

7

阿道的妻子
去拉桑寺煨桑回来
总是念叨
我的卡卓基吗，在迭部
念书哩

8

鹰的身边
总是盘旋着另一只鹰

迭山上空的鹰啊
永远折不了翅膀

9

扎尕那的牦牛
是喜悦还是伤感
这是我坐在山坡
面对一头黑牦牛的眼睛
忽然想到的事情

10

去过扎尕那
才知道草原的深处
还是草原
我的帐篷安放的地方
只有草原

2014.10

在安多草原（组诗）

记　得

记得一座雪山的名字
美丽的雪山叫雪宝顶

记得一座寺院的模样
讲经的智者是宗喀巴

记得一条奔腾的大河
密林间的寨子叫荷花

记得一只高飞的雄鹰
大山里的海子是五花

记得一片草原的茂盛
花牦牛要回到卓玛家

记得一生最亲的妹子

会笑的眼睛铜铃般大

一把刀子

我曾经写过的一把刀子
没有刀鞘
就像一幅裸女的油画
最明亮的部位

这把刀子
我此刻看着的刀子
属于传说中的一个浪子
一个没落的贵族
一个歌者
一个情人

刀在鞘中
美丽的刀鞘来自一个女人的身体
刀在手里
转来转去

安多草原的阳光糜烂
牦牛群里的一只孤独的牦牛
突发思想
记起前世手里的一把刀子
一把出鞘的刀子
雪亮尖利

纯粹的银子

看见银这个字眼
我就听见银饰的声音叮当响起
在川北一座小城的中午
阳光明媚
我这个走了一千里路的汉族男人
逛过街边的一家店铺
一下被银子击中

银子在我的字典里那么纯粹
就像我一路昂着脑袋
目不转睛看着高远的雪山
想到我一直以来盘踞脑中的理想
攀登上去用我的双手把雪
捧起

其实银子在我的眼里
无声而纯粹
我站在这家店铺的门口
看见一个女孩一手抱着木盘
一手拿着一把镊子
把一只细小的指环搬来挪去
我的眼光变得细致而温柔

今年11月的一天

我走过若尔盖草原
在若尔盖县城街边一家银铺门口走过
就像一阵风刮过
银子一样轻快而冰凉

感恩节

在若尔盖的一家川菜馆
点了水煮牦牛肉和新鲜的黄河鱼
我支起双肘
像一个对世界了无牵挂的人
面对街道坐下

一个人走过
一群人走过
男人走过
女人走过

我还看见孩子走过

来这个镇子的路上
白天我看见草地
看见公路
看见雪山
看见牦牛和羊群
看见一匹走上山坡的马
晚上我看见黑夜

还有黑夜里的灯光

我还看见一只鹰的盘旋

在这些之后
我看见一个乞讨的母亲

其实你们知道所有的事情
我只是走过若尔盖
无所事事
因为饥饿走进这家街边的川菜馆
要了水煮牦牛肉和新鲜的黄河鱼之后
看见一个乞讨的母亲
向我伸出双手

我没有酥油和糌粑
我没有毛毯和皮袄
我没有鲜奶和茯茶
我没有草原
和草原上的毡房

像一个流浪的诗人一样
即使写完这首诗
我仍然坐在若尔盖
无法绕过一个乞讨的母亲
回家

一个喇嘛

许多次走进寺院
走不近一个喇嘛

在安多的郎木寺
我听见上师
诵经的声音
直达我的脑门

我这个喜欢看唐卡的汉族人
独自走进去
绕过一个喇嘛
又走出来
大声在殿外咳嗽

看有没有可能
谁愿意去讨酥油和糌粑

九寨天堂（外二首）

九寨之前是甘甜的海子
怀揣一本地图的人
身背行囊水壶的人
双眸欣喜走进你的小巷
经幡飘飘的寨子
跳着锅庄的寨子
是梦中依稀与你握手相看的天堂

山顶的雪很高很安静
石头垒就的屋子依旧结实
梦外面是清澈的水
心灵纯粹的人
官寨里彻夜行走的人
脚步轻盈走进你的梦乡
石头后面的寨子
雪山环抱的寨子
是你安睡我来守护的天堂

我的黄龙

走一千里路
甚至翻一座雪山也不会使我苍老
就像现在
从洼底到山顶
能让我一直看到黄龙的水清澈见底
你的眼神比山顶的落雪还要纯粹
让我像个傻瓜一样
情愿就这样一生与你相对
一路黄叶又一路黄叶

行到中寺
转经轮又轻又灵
在暮秋的黄龙
啜口奶茶可以暖和全部的筋骨
我的妹妹你是否记得
上山的路长啊下山的路黑
牵挂你的手
凉而温柔

白 龙 江

今年秋天我走进你的家乡
眼底一路红叶黄花
脚下狭隘

踩上去全是石头
不敢抬头
捎个话都喊得崖响
仰望得久了
一抖肩雨就来了
成长的过程很痛
就像山要长成山
河要长成河
今年秋天落过雪啊
黑土上面是绿
绿上面是厚重的白
你这个远征过盛唐的羌王
裹着白色的战袍
几百里怒吼着
一口气跑到文县

无　题

——夜观杀手剧

对异国他乡的痴迷
随处可见

风景里
杀手心一抖

逃离故乡的间谍
沉醉在阵风里

落英片片

2020.4.16

杯子（外一首）

同样的玻璃杯子
我有四只

一只用来喝茶
或者喝水
冲下各种颜色的药片

一只喝酒
想想
琥珀色的干邑
倒进去
就很华丽

另外的两只
一个模样

只不过
翻遍了所有柜子
所有抽屉

甚至那些角落
都没有找见

2020.3.9

一个酒鬼的自白

是这样的

喝一大口
和喝一小口的区别
是这样的

我喜欢把一些酒
从一只瓶子
转到另一只
漂亮些的

是这样的

喝一些
闻闻空了的杯子
呼吸不同的酒

是这样的

不喝一点
对不住这个夜晚的安详

是这样的……

2020.4.15

12月17日晨（外二首）

曾经的一棵树不见了
留下
一个方方的树坑

2017.12.18

圣诞夜想写的一句话

回家的路上
风很大
夜
冷且安静

2017.2.19

一个糖尿病患者的日志

周五的阳光很好

早上的药忘吃了
昨夜的风一扫而过
树叶落了一地

开会两次
几个电话
没有接上
手机静音，在兜里
像累了
熟睡的男孩

明天要降温了
距离那么远

一大块巧克力
替换不下的苦

一片落叶
永远
回不到枝头

2018.11.2

感恩节后想到

感恩节后的早晨
太阳初升
到达我的面前

脚步无声

昨夜的空谷里
梦想是个孤儿

从头到脚
大汗淋漓

2014.11.28

写于玛多

年少的梦想
胯下一匹黑马
驰过辽阔的草原

来到玛多
十二月的草原
真寂寥啊

近处
一匹黑马
远处的鹰在飞

朗朗晴空下
只有一匹黑马

只有
一只鹰
在草原上飞

2015.12

煮茶得句

如今
煮你
用大把的光阴

煮下去
你的颜值
真的很高

一只云雀飞过
叫一声
高一层

深如雾
但
薄似纸

一口
封喉

2020.10.5

行走鸦口纪实

走进三里
走出也是三里
一只白鹭掠过
一队野猪跑过
一只老鹰飞过
一条小河流过
一片草地平坦舒畅
树叶有点少了
你来与不来
处处黄菊盛开
安静而美好

2020.10.6

关于时间的片段

1

我家的沙发
就叫时间

坐在时间之上
想到时间

2

时间
和时间相关

一辈子
其实是一阵子

风轻吹
或是狠狠地刮

3

我常在夜里睁眼
被经历捆绑

时间之核
什么都种不出来

4

时间与时间的距离
很近又很远

一棵树一直在生长

5

把时间拍下
捧着
好长一段时间
无法放下

6

时间是一束花

我后来看云南双江的烟花

举首投入的
一次怒放

如此美妙出众
是十一月的时间

7

时间在我的座下
深受憋屈

哦。几十年后
想起
时间是一瓶白酒
标注过的时间

8

时间就是时间吧

在某个站台
浓厚的煤烟
寒风真冽

永远走不到的时间
是叫远方吗

2020.10.14 改旧作

饮茶双江

1

诗人高凯在微信里说
你们站得很高

的确，在勐库镇亥公山上
和百十年树龄的藤条茶
相比，我似乎个子高了

2

亥公山
住着
会跳舞的藤条茶

有风无风
兄弟们
一个个枝修叶繁

无数个巴掌
都在舞动

3

上去下来
都路过一丛野姜

根茎进入大地
深入茅草
隐藏在泥土里面
二次发芽

把力气憋足了
红通通胖生生
九个初生的兄弟
抱成一团

4

我的佤山兄弟
就叫阿黑
阿黑真黑啊
晚上在火塘边
喝一顿苞谷烧酒
我的佤族兄弟就不见了

只听到他的歌声
一会儿近
一会儿远

5

我的布朗族阿妹
竟然像个汉族
就叫陈燕
说起话来
柔柔弱弱
删除风声
才会听见

烤个煳米香茶
给我放点盐巴
一点点咸
或者就是红糖
满口蜜香

恰如
你的滋味

6

戎氏的这个节
就叫秋实吧

春天开花
秋天结果
你从四面八方来
都有好收成

7

在茶山静坐
一呼一吸
鸟儿来了
风儿来了
蝴蝶也来了

茶香
充满胸怀

茶的羞涩
妆成了
一群傣家妹妹

8

戎氏的小茶杯
一握成心

杯口的三条小鱼

一条是茶叶
另一条也是茶叶
第三条还是茶叶

9

茶是用来喝的
朋友小柴
来自普洱
他溯澜沧江而上
止步小黑江

我也溯源而来
止于双江

栖息于一片有良心的茶叶
我们，都心香如沁

2018.11

参谒滇西抗战纪念馆

在纪念馆里认了一个字：
滇
云岭之南曰滇

在纪念馆里
中国远征军仍在穿越野人山
我的心在痛
战死过半
馆外的姓名墙
十数万个名字
有血有肉一座长城
护着缅北抗战后方
密不透风

在纪念馆里看见了一条河：
怒江
愤怒之江
峥嵘岁月里

咆哮的也有一条怒江

在纪念馆里走上一条路:
滇缅公路
一份归国华侨机工的名单
一张筑路死难烈士的
死亡通知函
看得我热泪盈眶

在纪念馆里看见飞虎队的徽章
张着一对对卡通的翅膀
一整面墙的英雄
看着我
个个都有张友善的脸庞

在纪念馆里
识得一个至今没有卸任的腾冲县县长:
张问德
一篇《答田岛书》
字字化玉
彰显士人的节操
和忘我的力量

看见将士们永远不会锈蚀的钢盔
至今
仍为国人的脑袋

抵挡枪林弹雨

2020.11.15

敬附：张问德《答田岛书》

田岛阁下：

来书以腾冲人民痛苦为言，欲借会晤长谈而谋解除。苟我中国犹未遭受侵凌，且与日本犹能保持正常国交关系时，则余必将予以同情之考虑。然事态之演变，已使余将可予同情考虑之基础扫除无余。

诚如阁下来书所言，腾冲士循民良，风俗醇厚，实西南第一乐园、大足有为之乡。然自事态演变以来，腾冲人民死于枪刺之下、暴露尸骨于荒野者，已逾二千人；房屋毁于兵火者，已逾五万栋；骡马遗失达三千匹；谷物损失达百万石；财产被劫掠者近五十亿。遂使人民父失其子，妻失其夫，居则无以遮蔽风雨，行则无以图谋生活，啼饥号寒，坐以待毙，甚者为阁下及其同僚之所奴役，横被鞭笞，或已被送往密支那将充当炮灰。而尤使余不忍言者，则为妇女遭受污辱之一事。

凡此均属腾冲人民之痛苦。余愿坦直向阁下说明，此种痛苦，均系阁下及其同僚所赐予，此种赐予，均属罪行。由于人类之尊严生命，余仅能对此种罪行予以诅咒，而更能对遭受痛苦之人民予以衷心之同情。

阁下既欲解除腾冲人民之痛苦，余虽不知阁下解除之计划究将如何，然以余为中国之一公民，且为腾冲地方政府之一官吏，由于余之责任与良心，对于阁下所将提出之任何计划，均无考虑之可能与必要。然余为使阁下解除腾冲人民痛苦之善意能以伸张，则余所能供献于阁下者，仅有请阁下及其同僚全部返回东京，使腾冲人民永离枪刺胁迫生活之痛苦，而自漂泊之地返回故乡，于断井颓垣之上，重建其乐园，则于他日我中国已不复遭受侵凌时，此一事变已获有公道之结束时，且与日本已恢复正常国交关系时，余必将飞往东京，一如阁下所要求于今日者，余不谈任何军事问题，亦不携带有武器之兵卫，以与阁下及其同僚相会晤，以志谢腾冲人民痛苦之解除，且必将前往靖国神社，为在腾冲战死之近万日本官兵祈求冥福，并愿在上者苍苍，赦其罪行。

苟腾冲依然为阁下及其同僚所盘踞，所有罪行，依然继续发生，余仅能竭其精力，以尽其责任。他日阁下对腾冲将不复有循良醇厚之感。由于道德及正义之压力，将使阁下及其同僚终有一日屈服于余及我腾冲人民之前。

故余拒绝阁下所要求之择地会晤以作长谈，而将从事于人类尊严生命更为有益之事。痛苦之腾冲人民将深切明了彼等应如何动作，以解除其自身所遭受之痛苦。故余关切于阁下及其同僚即将到来之悲惨末日命运，特敢要求阁下作缜密之长思。

大中华民国云南省腾冲县县长张问德

大中华民国三十二年九月十二日

在和顺

即使啥都不干
也只有一下午
在和顺晃荡

和卖玉的老板聊聊天
和卖茶的小妹斗斗嘴
伪装成一位读者
去桥头的图书馆完成一次借阅
买盒鲜花饼
配上现磨的保山咖啡

甚至搬把椅子
戴上墨镜
装个盲人坐下
对眼前的风景
视而不见

和自己赌一下
时间
会不会慢下来

前　所

路过一个叫前所的地方
之前蓝天上
祥云朵朵

上网查了
云南的这个前所
也叫云南驿

呵呵
前所和
云南驿连在一起

像个有历史有故事的地名了
再往前地势平缓
就是楚雄

2020.11.16

香 橼

在无量山路边问过
尝过
才买了的一颗水果

路边的果摊
只卖这一种水果
三只背篓后面
站着三个果农

问起果子的名字
两女一男先后回答：香橼
用我听不懂的土话

但都连续面对我的疑问
说好吃好吃好吃
这句话我听明白了

我买了一颗
其中一个脸露喜色

另外两个沉默不语
我上了车挥手再见
看见
他们看着面前的香橼
就像看着
一堆待哺的儿女

其实这一刻我明白了
这三个人
其实来自三个家庭
每一家
也许都四代同堂
都有人等着买药
等着上学

香橼
这一刻是待售的水果
又不是水果

要买三颗我才能心安

2020.11.16

冰　岛

云海乍退
冰岛村的几条巷子
空无人迹

我的茶花闲开闲落
暗香
不再袭人

村口照例有棵大榕树
现在是初冬的一个上午
连狗子都不关心
我的形迹可疑

进入旱季
翻过篱笆
跟新发的竹子
换个位置

冰岛

被你的心护住

没有摘走的一片叶子

还在奉献甘甜和茶香吗

2020.11.24

关于大雪山的碎片

1

突然间我的想法
过去大户赛两千步
在大雪山安居

2

一边是冰岛
一边是小户赛

两个寨子
一左一右
都出好茶

3

如果你要快递

送到勐库就好
我可以每个月
都寄一款好茶给你

4

如果是雨季
道路不通了
我会出去走走

在甘肃庆阳住得太久
看见下雨
心里欢喜

雨后
定现云海

5

住在这里
节日会多一些
比如火把
比如泼水

他们的快乐
一定会分我一些

6

手持一本《茶叶边疆》
在勐库
见茶即饮

遇上年迈的老爹
就问
大雪山什么时候下雪

故乡
已是满天飞雪

7

夜来风凉
吊壶水响
背靠火塘
后心温暖

黑暗
悄悄退入密林

8

其实这样想过

已经和过去有所不同

走过一次大雪山
穿越密林
跃过山泉
看到采菌的布朗族兄弟
鹿一般驰过

9

在大雪山
真有一个营地

有了时间
如你想去
看我拍的照片

2020.12.7

昔归与感恩节

1

感恩节晚上喝酒
到场的朋友
提议感谢了
不曾到场的亲人和朋友

没有人
提议感谢酒

2

感恩节后的午后
说起昔归
只留下一个名字

只留下一个名字
昔归

没去过昔归
用这个名字做一款茶
真有情怀

3

不知道为什么
我认为昔归的密林里
藏有一只老虎

因为滇西密林里的一只老虎
我们（玉龙、逢春、克清和我）
开了一片小户赛
喝得香气四溢

2020.12.2

茶乡归来有感

作片茶叶
一生真苦

刚刚发芽
就被摘下
投入铁锅滚烫杀青
放上竹苫狠力揉搓

摊在棚下晾晒
团成一片
放在大石头下重压成形

甚至蜷挤在密不透风的坑里
为变身一饼普洱
发烧
发烧

卖身为茶
就要被刀子别的七零八落

扔进茶碗
用开水冲烫
十几遍

喝茶人却赞
一手好茶
杯有留香

2021.1.12

小　雪

还乡寻亲遇雪
进城访友遇雪

读白居易《卖炭翁》
雪花
一路跟着雪花

谁在问
晚来天又雪
能饮一杯无

2020.11.23

深夜观影片《赵子龙》戏作

战场哗变为江湖
赵子龙与关张
打成一团
刘备蜕变成
一个纳鞋佬
曹孟德面目不现
夏侯恩字子云
成了魔
导演
抱来一个阿斗
哭出几声

2021.1.12

临大河日记一则

2021年1月25日
雪见阳光
融于金城

居西关什字
距中山桥不远
读高凯的诗：
“水流走了
河一直没有流走”

离大河很近
早上踏雪
咥大众巷马子禄牛肉面一碗
加肉
加蛋

午后
吴强微信
言

距离退休
三十五个月
还得过两个年

长青嘱我
路滑
要走
缓一点

晚上
与王剑宏聚白银路
喝酒

临一条大河
会想到一条大河
要汇入多少
倒淌河

2021.1.25

手 把 件

这辈子所剩无多
就做块石头
冰凉
无心
在手掌里焐一焐
体温正常
去哪里
都能
通行无阻

2021.2.1

在葫芦头小店畅想

店面很小
屋里局狭
进店
跟另外两个食客
共拼一张桌子

饥肠辘辘
掰我的馍
对面的两位
闲话碰杯
酒香和卤肉的味道
让我难以释怀

埋首于我的一碗
有点狼吞虎咽
就把筷子伸去他们的菜盘
或许
一个庆阳人
和一个老陕、一个浙江佬

就会把酒谝传

老板娘跟谁一喊
刹住了我的畅想
——过了今天就关门过年

2021.1.31

一块豆腐

比石子更硬
像一件皇家的衣裳
体面又堂皇

源自内堂
一件无言诉说的心事

就那样：其实你懂
还有一点庶子的悲伤

已然千年
已是千年
就这样
一点卤水就变的模样

小时候
无数次腊月里
炕烧热了
一觉醒来

连灰
都点着了
一起热一起烫

2021.3.6

元月二十七日夜见圆月有悟

夜行归家
看见月亮又圆

驻步观月
在路灯的余辉里
仍能感到月光
似又一波春风
拍上我的肩膀

2021.1.29追记

“冰煮羊”

一桌子
坐了四个姓杨的
三“羊”开泰
是老祖先说的
改不了

四羊
只能开涮
涮姓高的姓王的姓张的姓程的
最后
涮姓杨的

一个领头羊
现居西安北郊
主要工作
把四个孙娃子送出去
领回来

一个在展览馆当馆长

每天看美女不止十分钟
故而显得年轻
眼神有点调皮

还有一个退休了
酒功也废了
每月一万块
惆怅着花不了

还有我这个老杨
喝酒醉得快
是没牙了
再老的酒也嚼不动了

八个人吃冰煮羊
哈哈
拿四个姓杨的一开涮
一锅子冰块
就开锅了

2021.3.12

二 月 二

牛自然不会说话

你说不说
都是牛年

牛当然不会飞走

你走不走
都在牛年

2021.3.15

无忌的：无题

花开了一地
雨落了一地

早晨路过
一来一去

只看见雨已下过
花也开过

2021.3.19

病友闲话实录

第一个：
2床
是我的新名字

叫我2床
我是2床

教授查房
拍拍我的肩：2床
这是老病号

第二个：
十五年来
一直挨饿

得了糖尿病
就像蜜蜂
只能勤劳采蜜
却不能享受

甜蜜的快乐

第三个：
一天三片二甲双胍
早起一片厄贝沙坦
晚睡一粒达格列净
一周一支度拉糖肽
…………

我戴着镣铐
走不远了

第四个：
大夫说我的肺上
藏了一个气泡

活活就是个间谍
混入春风
被我吸进

潜伏了下来
谁知道
哪一天爆炸
第五个：
CT显示
我的心脏有个小洞
呵呵

那不就是
比你们多个心眼

从医学的角度
我的血管一定要保持高压
就像黄河进入河南
河道一定要高
否则会在中原流窜
永远进不了大海

我的心跳
必须每分钟一百次
泵出的血液
才够驱动一架疲惫的水车

唉，江湖上混
谁没有几块疮疤
白刀子捅进
红刀子拔出
能活着
长个心眼倒也划算

第六个：
非要拄着个拐杖
送我进病房
老婆子哮喘
就是个用旧的风箱

你都别笑
我两个人五条腿
一直走得很稳

第七个：
那个姓杨的护士

一天六次
次次
让我一针见血

一直提醒我按时测血糖
唯恐把我落下
丢给死神

2021.3.19

在大明宫旁读《李白传》

大明宫翰林院内
青莲居士
支起丹炉
把自己的诗作投进去
炼出黄金一百

换酒换裘换胡姬
换一匹快马
换一把利剑
换一宵好梦

余金
换一枚醉酒的月亮——
天子唤
也不圆

2021.3.23

识途之老马

——再悼同学马建宇

今年六月
走着走着
老马不走了

老马累了
人身上那个最核心的马达
老马的马达不转了

又去了一次石家庄
天气真热啊
天气真冷

按庆阳的风俗
给老马上一炷香
点一张纸
磕一个头
祈愿老马走好

老马走了
给很多人和风景照过相的老马
只留下一个背影
光头，戴眼镜
大个子，宽身板
燕赵汉子
兰州亮活人

两个月了
我不知道怎么写
再写写
我上铺的兄弟老马
写写拥抱
和被拥抱
温暖
和一直的温暖

直到昨天夜里
看见同学圈转发的运动圈
看见老马
这天，走步一千五百七十九
排名第一百五十

呵呵
我懂了
老马是走了
但老马识途

一直在走

还是同学黄建国
说得好
老马一直
就走在我们前面
为大伙探路扫雷

老马是个
好侦察兵

2020.8.18晨

隔岸观丹娘佛掌沙丘后

这是一个秘密

风吹过河面
风把河里的白沙
吹向左岸

风吹起的沙子
在左岸集合
堆积成丘

我在右岸看了很久
这个景观
像我故乡丰收季节
打麦场上某一个场景

一直在扬
一直在吹

风在昭示

不是秘而不宣

看得见那些成熟的沙粒
飞起又落下
隆起成丘

只是
那个在雅鲁藏布大峡谷
扬场的好手
一直没有出现

2021.5.2

鲁 朗

其实没有预兆
只要在林芝，在鲁朗
哪怕只是一个人独自
面对鲁朗的蓝天白云
雪山草地，毡房森林
或者一只看守家园的狗子
会不会绘画
已成画家
不会写诗
也已是诗人

一生中
应该有这样的时刻
先给自己一个承诺
然后来实现

在鲁朗
我承诺自己
一个下午

拥有一大片草原
草原上的花朵
抑或一大坨牛粪

前方的山岗
岗上的白雪
雪山之上的蓝天
天空的一只鹰
脚下的一条尼洋河
河畔的一棵歪柳
抑或一只鸟
踩着河水嘎嘎而来

如果你也来
如果你的眼睛花一样
闭合又睁开

2021.7.2改

“你今天好吗”

“还活得下去。”

每个人的心里
都有一座临河的房子
一年过去一年又来
河水滔滔
或是静静如顿河
来了又流走

不抱怨河流
就同样会记住
一群候鸟在暮秋驻足
在早春离开

如果至今你没有
还来得及
建造一座同样的房子
邻着动脉
热血滚滚脉动阵阵

或者
安安静静

一年如一天
挥手再见
或者就笑一下
打个招呼
毕竟，“还活得下去”

2021.3.8

你的模样

个子不高
苗条的人
走在后面衣袂飘飘

我喜欢看着你笑
直到露出你的牙齿
每一颗
都结实饱满
像刚刚剥出的玉米粒

眼睛的大小
刚好和你的笑脸相配

鼻子恰巧
长在美女的前面

有一头长发
突然出现在我的眼前
不说话
就十分美好

汹涌的回流：1985—2015（组诗）

题记：西北师范学院化学系81级，这个集体有53名成员。2015年8月，毕业30年的时候，大家聚集在兰州。时间只有一天，准确地说是半天。来了38位。其实，大家都来了。作为这个集体的一分子，我亲身体会到的同窗手足情谊，真诚恳切。

我们已经认识35年了，有的同学，分别30年，再未相见。聚会前夜，我没睡着，我想到每一位同学的名字和相貌。我是赶到兰州的，大家都是赶来的，无论住在兰州或是兰州外，或者国外。

有的同学没有来，有的来不了。那天下午，那个晚上，我们所属的那个集体又一次实体再现，全体再现。无论你在不在现场。

回到庆阳，有一天我跟长青说想写写大家，当然长青积极鼓励。一直以来，我没有写过任何一位同学。也许是年过五十，怀旧的情感越来越强烈。有一天晚上，一口气写了10来篇，都不长。

聚会之后，出差之余去石家庄看老马，喝得高兴给他看了，老马肯定了这件事。其实我心里忐忑，这些文字的对象是实名，写出来的，都属一己之见，难免偏颇，画鹿，落纸可能就像马了。浮想联翩，能写出来的少而短，难免会盲人摸象。

答应了长青和老马，就把我逼上了梁山。放假三天，在我的老家胡家南塬，晚上看星星狂想，早晨坐个马扎，背靠着温暖的阳光，修改已经写出的这20来篇。直到我兄弟过粒的5岁的孙女月月喊我吃饭。

写成的这些，献给我的同学。写歪了的，多多包涵。起名回流，取共同溯流回顾之意。

2015年9月6日夜于甘肃庆阳

索掌怀

想起掌怀
我一定要看看自己的手掌
揣揣自己的胸怀

身居烟台面朝大海
那是我这个庆阳人的梦想
掌怀替我实现了

掌怀，三十年聚会
坐在我的左手边
我喝了一满杯白酒
敬
眼睛明亮胸怀大海的掌怀

朱　亮

儿子娶媳妇了

留了一抹小胡子
聚会准时来到
打个招呼
发现
朱亮说话又慢了半拍

范希文

三十年
见了两回

希文
一口兰州话
没出去过

希文
戴上你的黄军帽
来庆阳浪吵

赵岩波

大头
我去看过你
老说的那个喀什了

李　琳

这个美女的手
大头
永不松手

鲍福山

老鲍当外爷了
神情淡定

鲍老爷子戒烟
金盆洗手
钓鱼
喝茶

在韶关
过隐士的日子
三十年
出山一回

潘凯麟

天水人潘凯麟
去了日喀则

八月的扎什伦布寺
太阳火爆
老潘
瘦脸上的青胡楂儿
晒黑了吧

活佛保佑

王兰芳

阿芳带儿子
像姐姐领弟弟

一衣带水
带起同学往事

以后看到樱花
一定会想起
住在日本的阿芳

赵小毛

加拿大华人赵小毛
学者赵小毛
说脏话的时候
还是个泾川人

其实
过去三十年
谁都把你
当小兄弟

彭　忠

半个月前
打电话问候过老班长

只此一回

只因为
又梦见你
给我们发饭票

盛　丽

这个名字
还是那么大富大贵

见了盛丽
要告诉她
我在金昌见学弟刘天虎
半辈子挺你
又一次把酒喝醉

赵国权

像间谍
赵国权就潜伏在我们中间
无所事事地出现
游手好闲地失踪

出现
失踪
都不一般

陈淑芬

淑女陈淑芬
举手投足说话
微笑一下
我估计
吴强的心跳
会快一下

见了陈淑芬
说话又不利索啦

张军生

三十年后

结实得还像个
新鲜的篮球

军生
军生
千里走单骑的军生

马建宇

1

一只老鹰
从雾气笼罩的石家庄
飞临兰州

2

老鹰喜欢盘旋
在兰州的盘旋路降落
路口向南，再向西
是老鹰的故巢

3

去石家庄
会老马
与老鹰结伴
在山顶张望
吃酒

喝茶

看不见星星
就看一部安宁的老电影

李怀江

黄河里的鱼那么多
跳过龙门的
算你一个

名字好啊
一出生
怀里就揣着一条大江

肖　雯

看了肖雯
谁看世界的眼光
都不会尖刻

这句话
三十年前
在黄羊镇我没说出来

魏拴柱

只有拴柱
至今和我们的化学
还拴得牢靠

在泰安的泰山庙下
做过当学生上课堂的梦
拴柱
真给我当老师哩

谢新龙

本来想写一直没见
十分想念

在地图上量了一下
四千里
竟然比三十年
还要漫长

在酒桌上说起你
新龙，你这棵
滩尖子的老油菜
在温州开花了

落叶词

有点动静
树叶子就往下掉
哪怕是树枝上一只鸟
鸣叫
也会惊落一片
又一片

暮秋初冬
风起兮
纷纷落叶的情景
看见了
总会满目伤感

我长在哪里无所谓
其实
我驻足的一枝一叶
会落下
也会红得透亮

伤感

或者就是悲伤

一叶一念

就是一生

2021.11.14—28

天祝行记（组诗）

1. 天祝上空的鹰

走了一回天祝
看见马牙雪山
看见抓喜秀龙草原
看见白牦牛
看见马兰花
看见河流，看见百灵
遗憾未曾看见一只鹰

回来翻阅照片
突然看见一只鹰
盘旋在山峰的一边
尽管只是在角落
但其实就是整个天空

守护天祝的天空
雄鹰永远不会缺席

2. 无颜西顶

突如其来的风雨
让我们逃离西顶草原

第二天
我始终无颜面对
草原上坚守过风雨的草木和花朵
他们的名字
其实就叫扎西和卓玛

喝过三大碗
壮了酒胆
才敢调侃：
我的一腔热情
还真比不上
一坨牛粪的热量

3. 仓央嘉措的草原

采风途中我一直遐想
草原上最浪漫的事
是面对雪山
傍着一座牛粪的火塘
大声地朗诵仓央嘉措：
“来我的怀里，或者

让我住进你的心里
…………”

4. 藜麦，藜麦

在抓喜秀龙
一整个下午的时间
我都在观察
一株藜麦
如何在白牦牛的身边成长

这是我最要紧的工作
甚至比写一首诗
赞颂你们脚下的草原
更重要

5. 天堂寺十行

人人心中
都有一座天堂

有没有路
都有一座天堂

名字叫不叫天堂
都有一座天堂

走到走不到
都有一座天堂

你去不去
都有一座天堂

6. 一朵马兰

走进冰沟
十万朵马兰只剩一朵
静悄悄地开

真像个潜伏已久的间谍
终于接头
暗语对在心底：
为尔所见
为尔盛开

7. 奔腾的冰川

在天祝
我真的看见一条冰川在奋力奔跑

从昨天到今天
跑得脚下生花
热气腾腾

8. 诗人车才华

行走天祝喝一场大酒
结识一个叫仁谦才华的藏族兄弟
他的诗歌，比酒厉害：
“今夜
我只关心白牦牛，炉火和爱情”

一句封喉
在你的叙述里
看你晃着你的牦牛绳鞭子
一步又一步
稳稳走马祁连

9. “我的帐篷里有平安”

我写过的诗句：
草原的深处
永远是草原

走过一回天祝
再续一句：
如果我要一顶帐篷
我定把它
妥妥安放在天祝的草原

2021.7.25—28于庆阳

远

比如扬帆而去
比如隔一座山

就像看一朵云

或者
此刻

2021.5.29

周　峰

我老家的弟弟
四十八岁殁了的弟弟

在兰州和深圳
打了十几年工的弟弟

在镇上开饭店
当了老板腆着肚子的弟弟

死了
花圈上写了大名
名叫雪峰的弟弟

亲人们念叨
小名叫周峰的弟弟

想起来
一脸憨笑的弟弟
垂手相迎

走进村口
让人心痛的弟弟

这个冬天不下雪
这个冬天同族兄弟们
感到的
我感到的
折指之疼

感恩节后

感恩节后的早晨
我想起一本
隐藏在书丛里的书
抑或
一尾自愿潜伏水底的鱼

我还想到
书躲避着作者
鱼逃离水

谁感谢了谁
又在谁的梦里

事实是我手边的这本书
书页没有编码

真像是早晨的风吹过
鱼
浮出我的水面

狼步掌[1]（外一首）

伪装成一阵风
穿过狼步掌
刚听见一片树叶的惊叫
远去的背影
已是一股尘烟

经过狼步掌
看见狼步掌
我有一会儿时间
想到狼

一辈子的一小会儿
我想到了
一只狼的艰难

2014.10.22

① 地名，在宁夏盐池县惠安堡

知　子[1]

像我的兄长
叼一支烟守在益哇河畔
或者母亲
点亮寨子里的一盏灯

知子
在我回家的路上

2015.1.11

① 地名，在甘南藏区迭部县

杨树叶

如果让我选择
夏天的一阵风
轻摇一棵杨树
而后闭上眼睛
倾听树叶呼吸的声音

在老家胡家南塬的某个早晨
我在雾里
曾经
走近或者离开
一棵杨树又一棵杨树
在眼前出现
或者消失

我写过老家的一棵杨树
我歌颂过一棵杨树的坚守

我喜欢的一棵杨树
树干挺拔

枝丫舒展
树叶在风中哗啦作响

如果我有女儿
如果我的女儿叫杨树叶

这样去想
我的眼睛开始湿润
比如这个时候
我捡起一片杨树的落叶
紧紧捂在胸口
这暖暖的一角
我一辈子的一角

2015.2.6

你的名字（外一首）

写你的名字
在海边的沙滩

一秒钟的时间
海浪就把你的名字
抹去

这个事件
在我一辈子的
这个时候发生

发生过一次
就让我泪流满面

2015.1.16

我看见一条鱼

我看见一条鱼

夜里游访珠海
困于海滩
死于迷路

十二月的风太大
扰乱了海的味道
家的味道

死了
躺在离海不远的沙滩

清洁工来了
海的
城市的垃圾

春节记赛里木湖，兼怀老马

1

我保留着一张照片
在哪里写字
或者读书
都会把它挂在
我前面的墙上

那是老马的杰作：
一条笔直的大路
斜割北疆黄色的草原
再往前是湛蓝的赛里木湖
湖上纯净的天空
看得见大风扯着云朵
往天边奔驰

照片前面
不只有老马的镜头

长青跳了，怀江跳了
我和吴强肚子太大
怎么蹦，都离地半尺
老马这个大个子
就蹲趴在路基
歪着脖子
一门心思让我们跳得更高

2

还记得在禾木的树林
喊一声我的名字
回看的一瞬
老马的黄马甲
总在我们的后方

在禾木，我真想做一只鸟
栖于树枝
鸣于林间
而老马就是个固执的大哥
精于农作眼光锐利
总是
把我这个潜伏者
从一丛黄树林里
用镜头摘出来

3

我的手机里保留着喀纳斯的一段录音
记录着
我跟你出去夜里去拍星星
可真冷

星大如斗
繁星满天
老马用镜头
划拉着寒冷的夜空
说：
走了几年了
哪一颗是老爷子呢
得好好找找

星子灿灿
寒冷如昨
仰望星空
老马
又是哪一颗
打扮成酒仙
浪过庆阳的天空

2022年春节前后写于庆阳

东坪蔬果帖（组诗）

杏子帖

杏子熟了，站在树下且数杏子
一颗杏子对应一朵杏花
十颗是十朵
百颗千颗才配拥有
春天里曾经的一树繁花
和曾经的花落满地

那么
有多少朵花让蜜蜂偷走了?
她们都那么娇美
在风的掩护下
逃离受孕

李子帖

李子把枝条压得很低

一些李子已经落地
虫蚁占据了这些曾经饱满鲜活的身体

哦，老朋友
你喜欢的李子
你手栽的李子树

有点酸，有点涩
应该就是李子的味道
还有皮肤上一层处女的果霜

只是，跃上枝梢的一颗
已经向一只黄蜂
献出初贞，那黄金的甜

辣椒帖

我保证这块地去年只栽植了西红柿
还有草
比如蒲公英，苦苣菜，灰条菜
野麦子

它们只有苦
还好有西红柿的甜
我想那些灰喜鹊会证实
它们只叨食那些红色的果实

为什么同一块土地
会把所有的怨恨通过一棵辣椒苗
生长成一种辣
你沾上手就洗不掉的
疼

2022.8

东坪的杏子

东坪的春天，几棵杏树都会开繁花
蜜蜂们总会来忙上一阵
今年没有刮大风
气温也总是悬在零上
呵呵，这几棵老杏树
尽管曾花落满地

我用几株去年的老玉米做饵
布谷来了，野鸡来了
戴胜戴着羽冠也来
灰鹊去深沟野饮回归
总在杏枝上歇一下
啄木鸟把窝做在树洞里
哺育的时光，院子里煞是热闹

刮过几场风
下过几场雨
杏子熟了
山上塬上的杏子都熟了

东坪的杏是老杏，皮厚肉薄
风一吹枝一动
就落一地的寂寞，扫了又扫
还是酸酸的寂寞

2022.8

中秋后写（外二首）

看见黑暗的眼睛
和听见安静的耳朵
之前我都没有

这样一个夜晚
与月亮独处
是我唯一的选择

月亮的银盆大脸
长了几片妊娠斑

一粒纯净的种子植在心田
一个老人
有幸看见自己在月光下
孤独终老

月亮倾身，和一位远古的诗人交谈
寂静之后
一声轻咳

深入人心

把 酒 醉

你我对饮
只喝三盏如何

一盏相识
鱼找见水
水滴追赶大河
星辰归于夜空
甚至，鸟入树林
一只蚂蚁，或者一只蜜蜂
奔飞于宿命
麦穗与麦穗紧紧依偎

二盏相交
石头靠着石头取暖
河流挽着河流倾诉
“我有一个梦想”
火车驰向远方
轮船航去天涯
一只牦牛深陷草原
红霞满天，一行候鸟惊起
遍地狼烟

三盏相忘

苏子说“把酒问青天”
蒲公英不会思念
苹果终将枯萎
时间总是踩着时间
而季节嘛，这季节
一直变换循环

酒在酒中，梦还在梦里
有此三盏
秋寒懒散

2022.9

老 苟 醉

突如其来
如一枚爆竹
突然爆头

或者
一名埋伏已久的狙击手
扣下扳机

你只有中枪倒地
连一句冷的
都喊不出来

盛夏已过
秋雨连绵

老苟渴了
袖走了所有的白酒
还有啤酒

2022.8

安多行记（组诗）

观九曲黄河有感

明光闪闪
在川西草原甩出一串弯弯

弯弯又弯弯
向前，向前

我只是一滴水啊
我怎么追赶你

既非源头
也看不到终点

一个掉队者
对自己的队伍该怎么追赶

美仁大草原遇大雨

冰雹甩打
狂风扑面
乌云和乌云联手
想合力偷走
草原中的草原

停车路边，关上车窗
雨刮器像个钟摆

大草原不动声色
如盘古
百灵躲入洞穴
牦牛排队
行入雨帘后面的草原

海浪生于大海
大雨也是高山草原顽皮的孩子
一次次还乡
都折腾得如此热烈

雨色苍茫
走远了的一定会折回来
一个过客大声朗诵：
“让暴风雨来得更猛烈些吧”

石壁残雪

残雪还挂在我喜欢的石壁
就在山谷的另一边
就在对面

我走上高处
不斜倚巨石
不抚膝而坐
只想为你在盛夏的坚守
为你衣衫褴褛
在一片薄雾后面玉树临风
鞠躬致敬

阿木去乎的夏天

阿木去乎到了
大雨刚过
风暴才去

阿木去乎的六月
一棵草照亮草原
一只鸟唤醒草原
一匹马浪迹草原
一群牦牛驮起草原

一座寺庙
其实是一顶帐篷
拯救整个草原

迭山深处遇杓兰

我把你当作奖品

的确
一株野生西藏杓兰
正在盛开
在我走过的路边
在那些小黄花小白花丛中
让我一眼看见
相中

只开一朵
只有一株

在迭山深处
往深再走了一里

乘马的人看不见
下山的人看不见
我这个背包艰难缓行的老头
一眼就看见了

多走了一里
我的人生履历
多了一株杓兰

一株杓兰
其实就开在路边
来不来迭山
开时会开
谢时就谢

登石头山后关于石头的废话

1

看不见山，只看见石头
石头不语
石山不动
石头禁锢住石头

2

爬上石山，站上更高的石头
看见石头后面的石头
风来，雨就来
听见石头在石头里哭喊

3

坐上石头
开始想念一块石头

美丽的野花
开满石头的心田

4

石头就在高山
石头还在山坳
水里的倒影
还是石头的倒影

5

视野的尽头只有石头
看不透的
除了密林，还有石头

6

只要留心
石头也会开花
每一朵石花
枯萎了终将盛开

迭山随想

1

比石头更高的
还有石头

迭山
就是一堆高高低低的石头

2

水冲着石头
水打着石头
水磨着石头
石头一声不吭

有些水
总是在高处
思念着石头的山坳

3

在迭山高处
学习达摩
面壁

面壁其实是看石头
琢磨怎么水滴石穿

4

石头的心窝
有一处圣迹
色
异于寻常

5

迭山深处
云过
雨过
水过
马帮的铃铛响过

风用力刮过之后
石头的山谷

无动于衷

6

上去下来
老杨喂过的土拨鼠
仍守望在路边的石头旁边

黄花碾轧着石头
石头拥抱了石头

7

迭山里
一朵花贴上一块石头
一棵树站上一块石头

一个寨子
依靠迭山这块大石头

8

一步一步
一点一点
和石头一起
接近天空

在纳摩观飞鹰手记

1

踩遍一沟的石头
行一万步，进石门
豁然开朗
脚下，野花遍地

2

鹰总是在高处
御风盘旋
更高，更远

3

我的眼睛有病
总是把一只
看成两只

我的耳朵也聋了
听不到鹰唳
只能闭口不言

4

鹰，也需要舞台和观众
在鹰的眼里
我是不是就是一只土拨鼠

5

撂不下
心中的一块石头
怎么看鹰
都不是一块会飞的石头

6

鹰从天边飞来
划过我的上空

一只鹰在天空飞过
天空一定孤独
空空如也

7

一只鹰追逐另一只鹰
两只鹰
一左一右
一上一下

我在想，我捡到的一尾鹰羽
属于哪一只

8

身处峡谷高处
我看到的鹰一直在飞

飞过峡谷的鹰一直在飞
飞上云霄的鹰
飞出朗朗晴空

漫步官鹅

1

奔腾的水在大声喊着什么
我只听见一句
是一见钟情

2

尽管一棵树的皮肤被撞破了
只要有水
就依旧根深叶茂

3

在官鹅道上
边行边仰望
看见亿年的石头被皴染固化
只是青绿水痕

仍留在石壁

4

穿过盘龙峡之前
我猜想前方是暗黑世界
门槛上伏一只虎
借助水
啸声不断

5

两只白顶黑腹红羽的靓鸟
啾啾商量几句
一前一后相跟上
轻松渡河

6

名为天瀑
就是水不管不顾实实在在
舍身跳崖
你的身后
蓝天依旧
白云依旧

7

我最羡慕官鹅的飞燕
栖于绝壁
沐于阳光
在峡谷绝壁间
御风修行

似是精灵一族
撞破天空这张纸
在两个时空穿插
时隐时现

雾做大幕开了又合

8

子在瀑下石上坐
逝者如斯夫

9

观瀑之后
我总结出十几种告别青春的方式

蓝天总能拖住白云
我应该每一次
都一把

把你拽住
免得你莽莽撞撞粉身碎骨

其实
能化身为河
此生便不虚度

古城寻旧（五首）

慈云寺

与三十年前相比
多了一个院子
多了两扇门
多了一把锁

钟楼巷17号
关了一只大铁钟

钟楼巷觅钟

在古城会友不遇
去钟楼巷
看了一只大铁钟

钟铸于金代
距现时有点远

走得近了会迷路
走久了会丢失一点东西

转了几圈
读钟上的铭文
以手敲钟
钟不动声色

有东西藏在心窝
过去三十年一直闷声不响

十字街头

过去在十字街
总有街景可看

今天实在没啥看的
就看看过去的自己吧
会朝哪个方向
走来

山　上

爬上山是为了往下看
爬个痛快
看个痛快

楼又多了
河又细了

过去
变清晰了

有人
又到眼前了

凭吊北吊桥

新立了一座镇朔楼

再不能
倚桥而立
待夏夜风凉
望点点灯光
守候一条西河

憾甚

2022.7 于庆州古城

续《安多行记》(两首)

在安多牧场人家倾听

其一

黑牦牛说
你走的路，我又不走
草深的地方才有露水
高岗和山坡
再高一些的地方
有雪山和梦想

其二

阿妈说
牛奶多得吃不下
羊嘛狗嘛，我家的马最听话
小儿子还没有成家

把你的帐篷也搬来吧

是花儿都得在草原安家
是骏马都会和雄鹰一较高下
我的草原嘛，我的女儿嘛
到晚上星星也会还家

草原赛马

手上的鞭子扬起来
策马而去

马背上的骑手立起来
勒马而来

席地而坐的人们
一下子跳起来

穿着艳丽的卓玛
眼睛亮起来

我的亲人啊我的雪青马
一马当先

2022.7

东坪手记（组诗）

关于桑葚泡酒的纪实

桑葚是熟透的东坪桑葚
酒是二十年陈的关中西凤

桑葚加上白酒
加上一点时间

加上一只曲线玲珑
纯粹透明的玻璃瓶子

这些组合起来
一周后赤裸裸放在我的书案

书案的上方是刚临写的张君表颂
墨酣朴拙

我坐在案前

后面一整架小说散文或者诗歌

我钟爱一生的事物
映射在这瓶桑葚美酒的内里和表面

一瞬抑或永恒
孤独还是汇入众生

偶　然

开始是一只
后来是两只
啄木鸟在树洞里做窝
飞出，又飞进
我把耳朵贴上树干
听稚鸟叽叽喳喳
饥渴又快乐

开始是一棵苗
后来是一棵树
一株桑
长叶伸枝
开花，又结果

在东坪我兄弟的院子里
父亲节后的一天
开始是拔草

后来看到桑果成熟
鸟儿拉屎

开始是鸟食了桑
后来是鸟种了桑
东坪的鸟如天使
开始偶然，后来偶然
让我六十岁
又做了一次采桑少年

父亲节记

在东坪村我兄弟的园子里拔草
西红柿苗刚突围
就听见啄木鸟觅食
在老杏树干透的身上用力猛磕

一下子想起父亲
在我们兄妹嗷嗷待哺的年月
也这样一路飞奔，寻找
任何能填满我们兄妹肚腹的食物
即使四处碰壁

父亲节的上午
我用一把镰刀狠狠撂倒了
一大片生长凶猛的记忆之草
让瘦弱的西红柿苗和辣子苗

露出头来
享受阳光的同时
和我一起
消磨回忆父亲的时光

东坪遇黑蝴蝶

拿什么来证明你不是
从一截老杏树枯朽的枝干里登场
又如何证明
你不是个黑色的幽灵

一只黄蝴蝶，一只白蝴蝶
甚至一只蓝色蝴蝶
飞入草丛，飞过墙头
飞来飞去都不奇怪

一棵树，一片叶
一丛草，一朵花
甚至一队蚂蚁
一群灰喜鹊
它们世居东坪，以此地为家

而你这只忽隐忽现的幽灵
一定是经历了漫漫长夜
才修得一身黑纱
在炎热盛夏的午后

翩翩出现
访问了我这个偏居一隅的隐居者

来了就来了吧
我也刚面壁而生
你飞你的前生，我想我的后世
和幽灵做个邻居
在这个夏天学习庄子
守着一只黑蝴蝶
开始另一场假寐

在婚礼致辞中读了一首诗

开始是官话
向大家问好
说到七月流火瓜果飘香
说到孟夏时节的美好
说到一双佳儿佳婿
自此结缘双宿双飞
说到期望和祝愿

这些都不足以表达
一位父亲和一位母亲
嫁女的心情

用一首诗
说说这生为父母或儿女的苦难
以及幸福
是我的自作主张
我朗读了一首段若兮的诗歌
《爸爸的眼睛花了》:
“女儿出嫁

父亲就老了”
其实我还想读另一首《母女》:
“为女儿穿上嫁衣之后
母亲就孤独了”

2022年8月的一个中午
用了一位不在现场的诗人的作品
作为婚宴致辞的后半部分
一下子，盛夏时节
诗歌这把尖刀
就这样深入了你我的人生

2022.8.7

东坪处暑记

在东坪的园子里
采摘尚且完好的西红柿
和青红的辣椒
老苟搭的架子
被粗壮的野草挤倒了不少
南瓜藤用湿漉漉的触手
抓紧我的鞋面裤脚
两只山鸡在我的眼前飞起
飞走，一只南瓜少年
和一颗腐败的西红柿老妇
居然躺在枯枝败叶里面

我栽了十年的葡萄
味道应该甜酸适度
我手剪的纸鸢还是个摆设
又给黄蜂劫掠一空
而葡萄架上的枝蔓和叶子
依旧繁茂如夏
酸桃已然成熟

还是一身毛衣拒人采摘
终将跌落土里
褪化出美丽小巧的头颅
我只拣108颗去做一串
戴上我爱人空空的脖项

老桃树梢上还留几颗
有两颗已被鸟儿啃残
我伸手去摘的时候
一只鸟
在头顶的椿树上开始大喊大叫
是啊，夏末秋初
丰收之后破败将临
就把这残存的果实
只留给东坪的鸟儿
牢记这个园子
能有口吃的
就是咱们共同的家园

2022.8于庆阳

立秋日记

傍晚，依旧闷热

观剧，观《隐入尘烟》
两小时后
我想出另一个结尾：
起一场沙尘自天边刮来
把这虚构的苦难和无望抹去
直至洪荒

读小说
读一百多年前芥川龙之介的《罗生门》
五分钟就读完了
我在场吗？
小说家永不让“我”做主角
抖一抖书页
黑夜包裹不住的贫穷和劫掠
掉在脚下

如果也有一把朴刀
立秋日，我要杀出个凉快

我胡家南塬的兄弟（组诗）

荞麦花花

我没有奢望过
会拥有一整罐蜂蜜
面对一大片盛开的荞麦花
和花蜜的气息
我跟在一只蝴蝶或者
一只蜜蜂后面

在胡家南塬的阳光里
我先是闻见
听见
后来看见一大片荞麦花盛开
整个夏天
我都没能走开

写这首诗的时间
我还在那里

穆家尖山

皮影里穆桂英的穆
小孩子尖叫的尖

在穆家的山尖上
两只老鹰
一前一后回家

我想把家
就搬在它们家的旁边
我想有时间了
就安静地读眼底老家的风景

我会是个好邻家

曲　子

顺着一条河走一百里
上了塬再走一百里
在城里遇见你
一张嘴
乡音中的那个曲子

你在哪里出生
你在哪里长大

你在哪里爱了
你在哪里恨了

路过曲子
站在山顶看见曲子
心里念一句好个曲子
西川的风
就呼呼地喊
曲子
曲子

我胡家南塬的兄弟

老家崖背上的
一棵杨树

我回家先看见的一棵杨树
我离家最后看见的一棵杨树

看了许多年的一棵杨树
高高大大的一棵杨树

父亲殁了
我一次次回来
一次次离开
我眼里树干直直的一棵杨树

去年夏天
我想一个人安静地待着
依靠的一棵杨树

一棵向日葵

去年夏天
在太阳面前和你相比
我抬不起头来
你比我高
比我挺拔，还
比我灿烂

谁把你种下
谁让你生长
谁让你盛开
谁在秋天把你抱回家

你是我家的另一个孩子
长在我老家的地里
比我茁壮
比我执着，还
比我更像胡家南塬的孩子

今年冬天
在老家的热炕上
我的从四面八方回来的兄弟姐妹们

抓着你嗑你
心里都是你香香的气息

胡家妈妈

回到老家
在胡家妈妈的一亩三分地
就像鸡娃
回到妈妈的翅膀底下

胡家妈妈
几十年没离开过老家
她的眼里
胡家南塬外面
是老鹰的天下

胡家妈妈的眼睛花啦
胡家妈妈的耳朵背啦
胡家妈妈的双手擀不了细长面啦
我的妈妈老啦

回到老家
我变小啦
我长瘦啦
我晒黑啦
我的头发咋又遭灾啦

我回到老家
我兄弟过粒就不是妈妈的儿子啦
炕没烧热
羊放丢啦
过粒媳妇没做下好吃的啦

其实
胡家妈妈是嫌我
回来少啦

回一趟老家
我背回一袋小米
我抱回一个南瓜
我吃饱啦
我睡香啦
我又有力气啦
走的时候
我的胡家妈妈
眼泪吧嗒喂鸡去啦

大明宫旁读唐诗（两首）

送贾岛再入唐朝

苏轼说诗人贾岛很瘦
做诗人久了
心胸
狭小如剑鞘
一点不平
剑难入鞘

我读贾岛，发现贾岛
一直在哭
《哭孟郊》
《哭张籍》
《哭卢仝》
《哭密宗法师》
朋友死了
都得在地府的门口哭上一场

朋友远行，身无长物
就送首诗，权当策杖
《送沈秀才》
《送李余》
《送陈商》
《送雍陶》

《寄钱庶子》
《寄顾非熊》
《寄董武》
《寄韩湘》
这些朋友和兄弟失散已久
关山万里
总想弱弱地问候一句
一句
就名留唐诗

在大明宫旁的圣远广场
看到诗柱上贾岛的《述剑》
那时的贾岛，还年轻
能写诗，诗如剑
剑渴，欲饮血

一千年过去
今日白露，今夜有月
就让我号哭一般
大声诵读“十年磨一剑，

霜刃未曾试”
送瘦小的贾岛
一领青衫飘飘，佩剑
再入唐朝

2022.9于西安

和孟浩然《过故人庄》

鸡黍，桑麻
这些汉语里的事物本来质朴美好
读到孟夫子关于它们的诗句
身处都市西安大明宫畔，秋暑煮人
心情依然十分舒坦

如果在东坪默读此诗
绿树合，青山斜
有槐，有椿，有杏有桃
邻着一条蒲河
东坪就在东山之顶
此时已近重阳
黄菊即将开遍山洼

孟夫子，你来不来？
与故人相约东坪
秋高气爽，煮一锅肥羊
开一坛烧酒

面对一园子荒草败花
呵呵，咱们都不熟稼穑
听你的盛唐诗话
痛快饮酒
让你醉得回不了唐朝

2022.9于西安

翩翩与雀跃（外一首）

人世间总有些事物
比我们享受尘埃

在大明宫西侧的圣远广场
中午，阳光肆虐
看见一只小小的蝴蝶
在水泥地上
落下又飞起
好像从远方来
歇了一下脚
轻松地飘过
立在我面前的高个子篱笆

接着看见一只小小的麻雀
飞过来，在我面前
啄食我看不见的米粒
振翅，越过篱笆墙出走

它们，让我看见

我一辈子做不到的闲适与自足
这一瞬间，我恨
我亲亲的双腿和双足
恨得咬牙切齿

兔子跑吧

开始是一只兔子
在花丛里出没
探头探脑

很大的一片花地
就在城市边缘
兔子只是在花地的这头
蹲下
支起耳朵

后来是兔子奔跑
撞出一串花枝招展
花海迭起浪花

其实这都是我的想象
一只兔子
在我的前面奔跑
轻松奔跑

因为一只兔子的奔跑

几朵迟开的蒲公英
开始摇头晃脑

2022.9

糖友陈词滥调记

我一直在与吃与不吃
做斗争

坠入深渊
抑或主食和水果
美食之怀抱

蔬菜，你好

世界暂停
我还记得

他们都忘了
你就住在那里

2020.9

闻老白喜得孙女

把书扔了
就去喝酒

2022.8

侠隐与秋分辞（两首）

侠　隐

行走江湖
有出，有入
一身旧伤

快意恩仇者
十之一二矣
…………

侠隐去，秋渐深
风刮起一片树林里所有的鸟
七嘴八舌
奔走相告

秋分有辞

趺坐到凌晨

为的是把那些隐藏在暗处的虫子
熬死

坐
忘
就是缘分尽了

一辈子
也就几个时辰

秋凉
真似水

2022.9

牡丹籽实记

盛开之后，繁花尽谢
整个夏天都在寂寞生长

阳光，雨水。缺一不可
才能无中生有

牡丹
努力成就完整的一生

秋风来了，豆荚爆裂
忍着切腹之痛

一枚籽实拼死一跳
落地求生

2022.9

花田有感

花径无人，秋露湿脚
多蛰伏，无虫鸣

我想赞美这秋天残存的花田
花田里的花朵仍在拼死开放

一只蝴蝶斜飞，隐于花丛
哦，它也值得诗人们赞美和歌唱

雨下过了，还会再下
死亡的终将复活

鸟儿掠过，人们走过
这花田，残败而美丽

2022.9

阅读困难症患者之唠叨

一本书，或一篇故事
都让我沉浸其中
并且，试图在我的余生
写一本书
或者出版一部诗集

余生也短
比已经浪费，或者透支消费的
短，一支烟吧
如果不算成年之前
过滤嘴那么恒定长度的一截

有时候我会埋怨我家族遗传的眼病
也许突如其来
让我成为一个盲者
离我珍爱的书籍咫尺天涯

我想起博尔赫斯
晚年也是位盲眼的老者啊

他曾经读了多少本书啊
直到自己变成
一座世界的图书馆

我喜爱的作家、诗人
他们的书陆续出版
来到我的面前
像一个战士要阻挡一支军队
哦，我索性让它们挡在我的面前
一个个书架，一排排书
一队队我喜爱的玩偶

唉，有大把的时间
却像个体倦心疲的老农
看着撂荒的大片土地焦躁不安
因荒草疯长
陷入莫名的慌乱

2022.9

花开花落

——观影前看花田，观影后写

花田就在面前
可以想象，或者回忆起
一大片农田，种着小麦和油菜
或者玉米与毛豆

就在城市边缘，向南
现在可以看见一片钢铁塔林
簇拥着几个冒蒸汽的高个子烟囱
花田就守在树林的旁边

还有鸟，灰喜鹊、啄木鸟
那些麻雀、麻燕
一大群灰鸽，每天上午
在花田上空盘旋往复
我还看见过一只花喜鹊
跳上高枝

每天都会经过，有时走过

田野，有时候就是花田
有时只是走过，有时
会停下来，看看望望
或者额头抵着树干
用一点时间，用力抱抱
这些挺拔的身体

总是在深夜画画，唱歌
画一朵花，很多朵花
一片叶子，一树叶子
还有鸟落下的一尾羽毛
闪着尘世的亮光

一块花田，一个画家
已然世道炎凉
还有三千美人
开，尽管开
败，随意败

2022.10

寒露观鸟后

寒露初显
我有了一身羽衣
我与同伴，那些栖居林中的鸟
一起，在秋风里
一会儿在草丛觅行
一会儿跃上树间

甚至飞上枝梢
牢牢抓住这美好秋天的一瞬

是日寒露，看完鸟
我去花田里，揪一束未谢的花
去高速路口，等爱人回来

2022.10

潜　伏

梦里
一直有一把枪
黑洞洞的枪口
瞄准我的心口

一直有一双眼睛
盯着我的后背

也许下一秒，子弹
就抵达我的眉心
胸口
心脏
那些要命的地方

更要命的
我的身后
就是我的母亲：满头白发
年近九十，心脏有病

2022.10

静默有思

与神明和先贤相比
我等总是卑微和渺小

静默期来了
发现踏实自然地活着
如斯艰难，即使
接受一切生活所加
哪怕压迫

今天早晨，想起达摩
一个印度人，渡海来了
流传千余年
面壁
或者渡江

也是今天早晨，看见
寒霜消融
一只蝴蝶
两羽蜻蜓

飞出涅槃的光芒
偈曰：如此尘埃
会慢
但不会停下来
会很快
但绝不逃走

2022.11

寒露补记

因为寒露
我的枯萎一如既往
隐入破败的花田

还是为秋天摆上一桌丰盛的宴席吧
摆上酒
献上大萝卜和肥硕的包菜
还有冻伤的辣椒
一枚南瓜，伤痕累累

一夜寒露，或许
就享尽花田所有的颜色

自此，花容失色
生机皆失

如果找你
哪里去寻你故意留下的蛛丝马迹

2022.10

一把折扇

——在庆阳赠熊犍和叶君

一把精美的折扇
配上锦盒缎带
扇面上是玉龙的隶书
内容吉祥，笔笔精到
配一枚朱文印点睛

有朋自远方来
待客以暖锅，羊肉
细长的一碗面
和香辣的臊子汤
“明明吃的面
为啥叫喝汤？”

一线弱水，也叫环江
不过，蒲河川凤凰塬舍的夜空
真的星大如斗
早晨起来，听见鸡叫
满满一川

烟云缭绕

逢周一，南梁闭馆
老爷庙的两棵古桑见证过革命
依旧郁郁葱葱
1934年初冬的堡子里
可真热闹
有个叫张景文的小学老师
让两个教授唏嘘不已

文章是自己的好
登了读书台
合抱了翠柏
余生一定要认真读读王符
潜夫其实是潜龙啊
哪里勿用

寻古驿路未果
去北石窟寺，看佛
佛像被看管得很好
三十年前，我已来看过
和一千年相比
我们的那点前尘旧事
真的不算什么
…………

读一把扇子，有两种方式

合起来一握
展开来两面，内容
都满满当当

2022.10

五十八岁秋有所思

发现自己的三样东西
膝关节
牙齿
还有眼睛
背叛了我

不能拾级登高
折黄菊
朗诵苏词

不能双手持骨
把酒
啖羊羔

望秋怎么都是迷茫
拍栏
怅然而痴

哈哈，原来一场秋雨

呜咽了一夜
已经拽走了盛夏

年前年后（组诗）

除夕帖

今冬无雪，朗朗晴空
打道回府
我关爱的人，和关爱我的人
已经回家团聚

坟上过了，纸烧过了
给殁了的父亲磕三个响头
祖先啊，人间和地府
都是一年

酒温好，肉也煮好
饺子啊，如游子，在亲情里
滚上三回
才能上桌

守岁也好，枯坐也好

炮仗和礼花交替
有一种节节生长的声音
贯穿除夕

除夕夜观科幻片跨年

我有一只叫霍金的狗

制造一个虫洞
我进去，它消失

之前当下，中间
隔着一道门槛

我和我，年前年后
会在一起

风景如静，我
就出去走走

看能否遇见
我的童年

初九晨记

晨起环湖漫步
先是听见鸟儿鸣啭

以为是小鸟试喉
抬头寻找良久，看见
一只无名大鸟
立于大树枝头，面向东方

太阳初升，光线柔美
一只大鸟，如帝王
上位黄金殿堂
一动不动
把尘世踩在足下

一只大鸟，如此
发出温柔小巧的鸣叫
如喃喃自语

二月十一日记

是日大雾
下午五点半开车接马野
路滑，车缓
树上挂满霜花

有一瞬间
穿越一条杏林大道
道路两边
淡淡杏花盛开

生日献词或一步之遥

二月二
龙抬头
每年的这个日子，岁月静好
寒冬去
春风来
细雨潇潇

一甲子，半辈子
今年过生日
我想说，你这个人
伴春而生，历涉苦海
总得吉祥

你爱的人，爱你的人
在你的生日
围坐一桌
斟满酒，齐举杯
祝你生日快乐，永远快乐

六十岁，还年少
开心就好
把酒言欢
回顾过去，就像小时候
看过的一场露天电影

过程艰辛
结尾很好

岁月过去了
岁月还在前头
相生，一直在走
一步一步
胡家南塬起点的羊肠小路
曾经一弯一弯
又一弯

二月二
龙，距凌空飞翔
还有一步之遥
我们在后面
也一步之遥
只有
一步之遥

2023.2.21写，22日改

我的方式

和你不同
总是在失去
有时是声音
有时是色彩
或许还有岁月和人生的一部分
无法复原

请你告诉我
关于你的那部分回忆
用一把小剪刀
就能修葺一新

2022.9

写在天涯

1

我坐在离天涯不远的地方
等你归来
古崖州的阳光像一把刀子
把我的影子片得很薄
风走得很慢
你走向风又越过风
你的笑容
我的守望
看上去都很美丽

2

看那天边
一只大船缓缓驶来
只愿风不要把它吹散
上面是海盗更好

省得傻望痴想
干脆就入伙做个强盗
可以蒙面持枪四海纵横
抢个娇娘又有何妨

南山小记（组诗）

南山见陶渊明

用一下午的时间
走完锦绣谷
从不同的角度
见见悠然见南山的诗人
在田里插秧
或者就蹲在斜阳下
数一丛菊花

向晚时分
吹向南山的风啊
迷了我的眼睛

2023.8.25

美庐檐下听蝉鸣

只一只
弄出一片嘈杂

美庐的院子有点陡
无法驻足闲情
二楼廊下
还有个空位
可以斜倚阑干

回眸一瞥
一只回忆的凤蝶
杨右诚的巴掌大小而已

2023.8.23

花径堂吃茶

在花径堂吃茶
至午夜
吃到茶醉
胸壑中云雾缭绕
恍惚间
一队迟到的人马
如此吵吵闹闹

手持灯火

沿花径

来寻一个青衫湿透的江州司马

2023.8.22

青莲酒店午酌

整个上午

去三叠泉访李白不遇

乘车回牯岭街

遇青莲酒店即入

要半斤庐山醇

卤猪头肉与炸花生米同嚼

下酒甚快

天气预报真准

酒过三巡

天色忽暗

应邀

走爱情电影周红地毯的李太白

被一群大雨

黑着脸

劫进了酒店对面的浴足小店

着唐衫的青莲居士

就此遁世

2023.8.21

青云阁午后闲坐

沁凉
来自身后这栋大块石头垒就的老屋
来自一株四臂尚不能合抱之法桐
来自几株常春藤上
时开时闭幽蓝微花之冷眼旁观

2023.8.20

玖居木舍的午间时光

看见露台下面的一朵花
被树枝间漏下的一束光照亮

一朵花
开了又谢了

阳光复照
这朵花在我的眼底
又盛开了一次

2023.8.20

玖天云雾山庄听雨

杀声四起

一群雨
突然围殴一袭晾在屋顶的民国长衫

2023.8.20

夏曲卡（组诗）

夏曲卡（海拔4300米）

白云不动
鹰一晃而过

一只老年鼠兔
咳嗽着躲老鹰的影子
感叹着：
高原，太高了太高了

驱车夏曲卡
永远一闪而过
有些人
一走
也许
就是一辈子

日崩尼寺（海拔3900米）

一朵花

可以寂寞地开

一群花
也可以静悄悄地开

开了，是一生
不开，也是

早晨的阳光扫过
门开半边

洒扫庭除，为神祇出生
准备一块静地

象雄孜珠（海拔4800米）

最高处是块大石头

雄鹰一直在飞
云跟着也飞

我爬上去
有入云的感觉

访顿珠喇嘛未遇
你的屋门挂了锁

我想了想
把自己扔下去

最高处坐着一块大石头

布加冰川（海拔4300米）

走了
一直在走

看得久了
一些东西开始融化

一眼
打量你的宽度

一声雷响
冰川哗哗作响

共和（海拔2726米）

共和老城
有一条倒淌河巷
南北，不长
一眼就能望穿

巷口是公安局
走过去
走过来
都很安稳

紫曲湿地（海拔3926米）

查诺玛到了
紫曲就到了

不知名的黄花
正在盛开

穆家尖山

爬穆家尖山之前，我在胡家南塬老胡的老家已经住了一整天。吃了著名的美食炒腌肉，喝了酒。说到喝酒，我想只要你盘腿坐在热热的炕头，喝一大口，再吃一大口，热乎乎满口流香，心里温暖，一不小心就肯定要喝得人事不醒了。当然老胡没喝醉。我躺在热炕上缓着的时候，一直听见老胡和他的兄弟们扯闲，主要的话题是老胡已去世30年的父亲。

爬穆家尖山那天，早晨我起来得很早。我本来想看胡家南塬的日出，当然我也看见了。只是胡家南塬地势偏低，其实太阳已经升起，我看见的是阳光照耀胡家南塬。早饭前我一直坐在院子里，沐浴阳光，戴着墨镜，读那些我写了很久、篇幅短小的文字。我面前是一棵杨树，在红砖砌垒的花园围墙上面，放着我吸的香烟、我用的打火机，我喝了一杯又一杯浓酽的茶水。胡家的狗可以做证，我看得很投入。

爬穆家尖山之前，我已经在胡家南塬的沟里看见两只飞翔的山鸡，一朵盛开的南瓜花，和一丛长得饱满的紫色的刺槐，下沟其实没有路，胡家兄弟放羊走得多了，就有了白晃晃的一条，弯弯斜斜的小路，走下去走上来，都很通畅。我其实没有下到沟底，那超出我的底线，我只是在那个最前端的涧畔坐下来，舒舒服服安安静静地抽了一支烟。我往上爬的时候，太阳在后背上鞭策，没有呼呼的风，汗水流得一塌糊涂。

爬穆家尖山之前，老胡已经讲了两路，一路讲出来，一路讲回去。到穆家尖山之前，来时远远看了，今天也远远看了。“穆家尖山，把山顶个偏偏。”走到山脚下，看山要仰着脸。在远处看山，我已经看见爬山的路径。正面是悬空的高崖，后来我看见的两只在山顶盘旋的老鹰，应该就住在崖壁。

爬穆家尖山之前，其实我一直梦想爬一座雪山。我的视野里一直有座雪山，比穆家尖山高远。绕到山的西边，沿着车道，其实已走到山的膝盖。我在后腰别了一瓶VC饮料，猫着腰一鼓劲儿，20分钟后爬上山顶。在山顶，我屏着气息走了一圈，看见长着成熟饱满的沙棘。

其实在我爬穆家尖山之前，已经有很多人爬上去了，还种了一棵又一棵沙棘和杏树。这些树木和遍地的荒草，使穆家尖山和周围的山没什么区别。

使穆家尖山别具一格的是老鹰。

而山顶没有鹰。鹰已经飞得很小。

遥远的喀什

到达是在北京时间下午4时40分，空乘说外面28摄氏度。滑行时开机，表弟的同学电话打进，他已到机场等。这位帕儿哈提，在南疆从事供电，接我到联系好的旅行社，一个姓杨的女孩接待我们。没有去红其拉甫的团，遂定包车，明去后回。打的去城外的边防支队办了边防证。

洗了澡，出去直奔人民广场。广场北面耸立着毛泽东塑像，老人家着风衣戴帽，右手前挥。来时看见有摩天轮，遂寻高而去，在台子上能看见高台民居。时近黄昏，太阳光灰蒙蒙的。上了摩天轮，到最高点，能看见老城和高台，在傍晚迷蒙，土黄一片。打的回来，在宾馆对面的民族餐厅打横坐了，烤肉十把，拌面一碗，看见旁座要了酸奶，也要了一个。一股脑吃了，抽烟一支，拍拍肚皮，满意而去。

早8点半出发。昨晚有点失眠，又看了一遍《帕米尔高原》。穿了厚裤子和厚夹克。接我的司机姓郭。到塔什库尔干近300公里。

一路向南，沿中巴公路，进入盖孜走廊。两边高山不断，小郭说是喀喇昆仑山脉。渐渐海拔升高，翻过布伦口，能看见雪山。在沙湖边的便道停了车，能看见雪山在湖里的倒影。雪线下大片黄色其实是风移上去的沙子。再翻上一个山口，慕士塔格峰突然就出现在眼前，东边是公格尔峰，连绵一列。314国道一直向慕士塔格峰奔去，越走越近至眼前。它海拔在7000米以上，顶上平缓大度，令人折服。在喀拉库勒湖停车，买了门票，几个柯尔克孜族小伙骑马来邀。我走到湖边，湖里的倒影清晰，天空纯蓝，没有云彩，喀什一路的浮尘抛在山下，此地海拔3500米。湖边大团的黑色飞虫，很多，撵着人追，遂逃离湖边。上车继续，绕道峰后，很快，到了塔县。在达坂高处，回头望去，慕士塔格峰就在眼前，据说离登山大本营只有10多公里。

早晨起不来，有点适应新疆时间了。走出宾馆快9点了，门口大路上，上学的孩子三三两两匆匆向县城走来。县城在慕士塔格峰的背后，向北能看见它的身姿。在院子里看见不知名的小鸟，很灵巧。

回来时间尚早，小郭带我去民间工艺品中心，门脸不大，里面不小。时间正是吃饭午休的时候。看了手工丝毯，最好的那种挂毯要几万。碍于小郭的面子，耐心看了各种玉，喝了两杯茶，哈哈而去，我辈囊中不鼓，买不了。入住酒店在团结路，名曰齐鲁。喀什今天32摄氏度，赶紧冲澡，洗去燥热。下午在宾馆躲热，看新《三国》电视剧，正演三英战吕布前后，曹操和刘备崭露头角惺惺相惜，一个善谋能言，一个不动声色。乱世给英雄提供了舞台。出去吃了一碗拌面，昨天两顿就吃这个。回来看地图，做明天一日游的计划。

艾提尕尔，意思是假日礼拜和集会场所。早晨我到的时候，刚过9点。我是第一个买票参观的游客，所以有位智者带我进去。穿过庭院，来到礼拜堂，脱鞋而入，进入内堂，往南走十来步，就到中央，看见北面的壁龛和大毛拉讲经坐的宝座。我瞻仰毕要离开，那个智者说可以照相，我便由他指挥着让他为我在主殿内外拍了。下午从大巴扎出来，又一次来到这里，在广场走了一圈，在寺门北面的一溜门面前走过，看见书店进去看了。挨着有好几间牙科，看来维吾尔族牙齿病多发，据说是喜吃甜食的缘故。我离去时听见召唤人们礼拜的声音，洪亮悠长。

傍晚去卡那姆餐厅，要了烤肉、酸奶和拌面，走回宾馆的路上看见西天布满云彩，估计要出晚霞，遂招的士赶去。果然，太阳将落，在艾提尕尔背后的大片云彩之后，透射出漫天霓霞。我找处栏杆坐了，面向西面，沐浴在慵懒闲散的晚风里。广场上人来人往，拍照留念的人很多。我坐着，看着，感受着。古老的喀什噶尔的魅力在这个傍晚显露得淋漓尽致。从艾提尕尔对面的欧尔达希克路走进去，走过不远处向北的巷子就进了老城。据说迷失其中也是一种境界，那就让我迷失一次吧。

其实遥远的喀什是本书。我念大学的时候，同学大头在喀什长大，老给我们讲喀什和维吾尔族。在地图上看，喀什在中国版图最西边。进新疆前查了，有航班往返乌鲁木齐市，来是国航，返乃海航。昨天上午在老城转悠，坍塌和改造都有。书里讲得不错，沿铺六角形地砖的巷子，总能出来，方砖铺就的路，是死路，只通向住家。大部分门锁着，开着的门里必有布帘遮掩。阳光从东方扫过，间或在高墙上驻足，或在廊洞的那头明亮。巷子里安静，有时候能听见人家里传出广播声。没有鸡鸣狗叫。

昨天下午从高台民居的城南进去，曾进过一制陶人家，陶质的碗盘壶盏，多上绿和黄的釉色。粗则粗矣，然有古风。在家的是位大婶，抱着孙子，孩子的眼睛蓝蓝的像宝石。大婶给我指墙上一合影，说居中的老奶奶是位英雄妈妈，生了20个子女。我看了她家保留的烧窑，而这房子，有400年的历史了。

下午的航班，早晨就是起不来，没看上朝霞。饭后去人民路口的喀什书城，找见一本新疆少儿出版社出版的新疆动物摄影集，一本好书，拍这些费事不少。还有一本十二木卡姆歌词选，坐着翻了，大都是情歌。好哇，没情又歌甚哩。

六加一（2019年8月）

一条长凳，东端坐了一位，40左右，男性，低头看手机。挨着向南，并坐两位，20多岁，一对儿，清清爽爽，安安静静，各看各的手机。接着朝北，坐了一个女孩子，也是低头看手机，膝前站着一个男生，背的双肩包上，挂了个毛绒玩具，左手拿了手机在看，时不时看看女孩，伸出右手摸摸女孩子的头发、女孩子的耳颈。靠女孩子这边，坐了一位女士，白净，戴眼镜，挎着布兜，低头，还是看着手机。我是第七个，坐在长凳的西头。这个场景，让我有拍照的冲动。我的手机在裤兜里，如果这会儿拿出来拍，会不礼貌。我看到前面的显示屏，上面说下趟兰州地铁，还有6分钟到达。

3分钟后，地铁进站。我进了车厢，站稳往站台上看，6个看手机的人依旧。他们要乘的地铁，还没进站。

南普陀（2019年4月）

中饭吃得早。饭后，在厦大校园里遛了一圈。往北，出了校门，去南普陀。南普陀的门口，有一大片水塘。门前有两座塔。两边，一边，是素菜馆。一边是中医院，给人看病的。从里面，一个殿，一个殿，看进去。后面有一座，观音殿。是四面观音。上面有块匾额，题了“住大慈悲”。好像弘一法师的笔迹。后来上了山。看见，太虚法师的灵塔。才知道太虚法师在这里当过住持。讲过学。教了很多弟子。他去世后移葬舍利的灵塔，就建在寺后山上。专门有一个廊宇。下面石碑上，刻了，太虚大师的，造像。是民国的时候，刻的。丰子恺的手笔。对联是李叔同的字。还有于右任的碑刻。本来不想爬。看到太虚大师的，法像。似有灵通。虽然不是一鼓作气。但一歇。再歇。三歇。终于，爬上峰顶。这座峰叫，五老峰。站在山顶，凉风习习。往前山，看下去。厦门大学。尽收眼底。远处，是“两把刀”，和鼓浪屿。回来路上，记住两句，“心安茅屋稳，性定菜根香”。

家乡看鸟记

鹊巢·梦

2011年3月19日，周六。早六时起床。掀开窗帘，看见院子里一片白。下雪了。这个冬天的最后一场雪。

去年这个时候陪人去南梁，一路看见那么多漂亮的雀巢。后来专门去过，时间迟了，树梢已发叶子，树干和雀巢不再突出。不是我曾经看见的那个雀巢了。前几天想起，便想这个周末再去。昨天下班约了老胡做伴。

当天下雪了。犹豫了一下。吃过早饭，还是去了老胡家。

老胡可爱。被我拽着上了车。改去定襄。

天公成全，一路还是看见雀巢。美丽的雀巢，和那些美丽的鸟。

第一个在马洼，路旁沟边。一棵挺拔的槐树上面，顶着一个大雀巢。用望远镜看了，正看不清楚，雪花眯眼的时候，听见喜鹊喳喳地叫。哈，就在前面路边一棵苹果树上。循声跟去，刚拍了一张，就飞走了。我的眼神不好，追不上，前面是大沟。上车走了几米，留恋地望一眼，却看见就在另一棵树梢。哈哈，下去，拍完之后，再用望远镜看看喜鹊的表情。老胡也很兴奋，凑在镜筒前使劲瞄，问我啥表情。我说幸福。守在家旁，等伴回来。

往前走，几次看见刨食的麻雀，在路边起落。

再往前走，在路东看见第二个。便道边一溜杨树，其中一棵上，插了一个。从南往北看，在取景框里看，这些杨树值得称赞。从便道口走进去，用望远镜看了，没发现一只。

第三个在定襄路口西侧小路口，一棵长歪的高高杨树梢上，镶着一个，不大，孤零零的，在高处。北边路口的杨树上，我看见两个，再往北，还有两个。这次先看见麻雀和斑鸠。在房子后面的苹果树下刨食。也许是我的动静惊动了狗子。它叫了几声，鸟儿们便飞起来，落在树上。有一只美丽的，花脖子的斑鸠，飞到我站的对面树枝上。我拍它的时候，它和我都一动不动。

拐回路口，我先是听见叫声，再看，就看见了喜鹊。是两只，不知道是哪家的两只，在路边田里，在雪地里，在枯草间觅食，在树枝上擦嘴。两只起起落落叽叽喳喳的花喜鹊，一直在一起。

去板桥的路上，看见麻雀和斑鸠。麻雀是一群，我拍它们的时候，它们突然就矜持起来，悄悄一片。斑鸠们站在线缆上，似乎睡着了。

路过小学时的母校，不敢鸣号。

上了塬，在路边的缆线上，看见站了一排鸟。用望远镜看，知道是鸽子。那些盘旋飞行的灰鸽子，这会儿都在缆线上。不知道在干什么。

在杨沟塬村的路边，先后看见两个雀巢。没看见鸟。后面那个在核桃树上。

第十个在师家庄附近。在两棵高高的树上，南面的那一棵，长了一个。往前，我看见今天最美的一个。我只能看这么远，我面前是人家的后墙，眼前是烟囱，再前面是一棵树上的雀巢，和两只守在家门口的喜鹊。我看着烟囱，看着雀巢，看着喜鹊，在雪地里温暖。

第十五个在马莲河畔。这下我在高处，往右一拐是桥头。没看见鸟，前面的几个也是。下坡的时候，我小心翼翼。我在想，我年轻的时候，怎么会写那样的一首马莲河呢？那个时候，我读了聂鲁达的诗歌总集，心里老想歌唱："我的马莲河。"

过了河，上塬。在定襄，老党让早些回去。晚来天欲雪，能饮黄酒否？哈哈，老党的炖山鸡，老党的马岭黄酒。

我圆一梦矣。

好雪，好酒。

好雀巢。

大年初一去看鸟

大年初一，早晨，出去看鸟。

昨天和儿子在路上，问他，人过年往家赶，鸟也过年吗？讨论了一会儿，没结论。琢磨着去看看。

出去往北，在一个路口，看见一群鸽子盘旋。昨天早晨，我留意了一下，能看见太阳应该是8点过一点。看见鸽子的时间是9点半。鸽子一直在上空盘旋。没有鸽哨，但在早晨的天空盘旋得很美。

走到鄠旗路口，看见路右人家门口的狗窝旁，几只麻雀在狗食盆边觅食，狗也在吃。过一会儿狗会扑一下，麻雀便飞起来。狗不叫，麻雀叽叽喳喳地叫。不叫的还有两只斑鸠，在路左的树枝上，站着。拍的时候，有点逆光。我一下车，就飞走了。

一路上，看见麻雀。不多，一群也就十来只。在路边的蒿草上叨草籽，到处是雪，露出来的只有蒿草。草枝轻细，一下落几只麻雀，麻雀便往下掉，当然麻雀摔不下来，会飞。还是叽叽喳喳。

看见两只喜鹊。在窝畔的树枝上叫。叫一声，尾巴翘一下。一只飞下来，其实是伸开双翅滑下来，雪地里没啥，喜鹊就飞起来，在高处喳喳比叫。一只进到窝里，我看见窝门的方向是东南。今年已是龙年了，窝门还朝东南啊？

周日去正宁

周日去正宁，正月十四。路过瓦斜，看见两次鸟。

一路上和老胡说，怪了，麻雀连一只都不见。

下沟的时候，有个大弯，由北向南，再拐向北。大弯的内侧，有片刺槐。看见一群鸟，从沟里飞上来，在路边的树上停留。很快地飞过公路，进入树林。我站在路边，拍得不是很真切。跟进树林，它们跳跃飞快。我一直追到大弯东侧的另一片树林。有几只飞得迟缓的，我拍了一只，拍得很清晰。不是我以为的灰喜鹊。嘴、眼和爪子是红色的，如鸦一般。我想起来，其实去年在九龙川看见的，就是此鸟。很漂亮，敏感，怕人。叫声和灰喜鹊相似，体型也像，长尾，尾羽下面有花纹。美丽的羽毛。这些在河谷里喝了水又飞上塬的是什么鸟？

在刺槐林追鸟的时候，看见一只路过的啄木鸟，没拍上。还看见一只小鸟，距离太远，拍得不是很清楚。

下午回来，上山的路上，一直开着窗，想再听见看见。

上了塬，走了一段，过了瓦斜街道，看见一群鸽子。是7只，盘旋往复，在天空飞翔。站在路边的田里，拍了一会，拍到它们哗哗落到跟前房脊上的画面。

快到西峰，看见一大群鸽子由西往东，赶紧靠边停车。下来抬头再看，走到麦田里望西，已不见踪迹。

初　三

初三，去姑姑家拜年。10点出城，一路没看见什么鸟。

儿子不太耐烦，让我专心驾车。进瓦斜路口不远，看见路东的树上站着两只喜鹊。停车，拍到一只，那一只飞了。

起步不远，看见一户人家院外，有一群灰喜鹊。10来只，在树枝上，在树下垃圾堆上。距离不远，怕惊飞了，不敢下车。摇下车窗，角度不是太好，拍了一些。听见熟悉的叫声，心里温暖。问了儿子，为什么鸟都不知道储存食物，天一亮就要飞来飞去觅食，遇上这样的雪天，挨饿呀！

第一次看见灰喜鹊，是在九龙川，叫声比较悠长，在川道里听起来很悦耳。回想起来，秋天，是收糜子和豆子的季节。我没有拿相机，同伴的相机安的也不是200毫米或300毫米的镜头。没拍清楚。灰喜鹊很敏感，稍有动静，就会受惊。有时候，对红色的衣服也是。

后来，也看见过几次。灰喜鹊喜欢成群，一群至少10只。在线河川，在鄜旗，都看见过。这一次，离得最近。

姑姑家门前，老庄子的前面，有一大片树林。12点后，我看见一群灰喜鹊。飞过来，又飞过去。嘎嘎地叫。落到树上，不安地跳来跳去。扑入我的镜头的，有10来只。前后还有。我站在雪地里，拍来拍去，心中愉悦。后来看见一只，不是灰喜鹊的，举起相机。嘿，飞走了。是什么鸟，不知道。

今晚，在记述之前，我查了一下灰喜鹊，又名蓝鹊。灰喜鹊的嘴、头顶、脚趾，都是黑的，颈和肚腹是白的，翅是蓝色的。

美丽的灰蓝色。还有个别名，叫长尾巴郎。郎官的郎。

立　春

2月4日，立春。一大早起来去北郊看鸟。

从南到北，没看见小饭铺开门。返回来，在大什子的牛肉面馆吃了一碗，心满意足。

拐进鄢旗，先看见鸽子。其实是一群，在路右的田里。我看见的一只落在路边农居的房脊上。是一只，一直站着。从我的角度看上去，有点逆光。也巧了，这只灰色的鸽子，站在房脊装饰鸽子的头上。在庆阳的农村，好多房子的房脊，都装饰有这样的鸽子，一般是两只，朝向相反。我拍了几张。我停车的地方，前面右手是人家的门口，有个场院，有只拴起来的小狗。我拍的时候，几只鸽子飞过来，落下来，又飞起来。

这样的一群鸽子，在我的前面，飞过道路，飞过田地。

再往进走，听见斑鸠的叫声。有几声，渐清晰的时候，肯定是春天降临。斑鸠这鸟，比鸽子皮实，不怕人。喜欢立在树枝或者线缆上。个头和鸽子差不多，脑后的脖项处，有一片灰白相间的羽毛。就像灰色上点了一片白点，很漂亮。是我喜欢的图案。

在养殖小区的南面，有片村落，有很多树。先看见麻雀，拍了几张，有几只小精灵般美丽。麻雀飞来飞去不好拍，留下的影像和影子一样。

看见几只灰喜鹊，在高高的树枝间跳来跳去。树下人家的狗汪汪叫，有人走出来，看着我这个不速之客。后来拐进一条小路，拍几只喜鹊的时候，有人问我，师傅你照啥。我说，照鸟，喜鹊。

今天看见两类鸟，不知名，拍得真切。比麻雀大些，一类麻褐如雀，嘴尖翅硬，很有力量。我在梨树枝上看见，它跳来跳去，我一直追着；另一类，羽色漂亮，大小差不多。我看见3只，和麻雀混在一起，在树下觅食。两羽和背部有黄灰色，脑平嘴尖，模样有点鬼祟。

最后还是喜鹊，看见两只。在鹊巢的上方，尾巴一翘一翘地叽叽喳喳。

去看观复博物馆

今年第十九天，周三，天气晴朗。小林带我去看观复博物馆。

我想去看，是因为读过马未都的书。他出的几本都读了，兴趣盎然。

去观复不好走。上二环，上机场高速，上辅道，到草厂地。再走，路边竖一块招牌，再往里走，不远，路边是盖楼的一片工地，对面的院子就是。

观复不大，比我想象的要小。院子里一圈二层的建筑，冬日里显得灰，楼的山墙残留爬山虎干了的枝条，夏天必定茂盛阴凉。

买书签式样的票，我的门票上印了金代耀州窑刻花牡丹纹梅瓶。

看了。好多藏物，在马未都的书里看过。实物精美。

看的人少，我和小林便从容地看。就这样，在观复博物馆里的一个小时过去了。出来，站在院子里抽烟，想想，有马未都这样的收藏家真好，有他和他的宝贝，有他的观复，有美好的东西，有美好的一个小时。

观复，出自老子《道德经》第十六章："万物并作，吾以观其复。"有包容万物合乎自然的意思。

红石峡记

9月21日，周五，天气晴朗。昨天傍晚抵榆林，一座真正的塞北古城。我是第二次歇脚榆林，老城的改造已然有几年了，在城里走了一圈，尽管是晚上，但仍能感到这座古城所焕发的生机和活力。早上去红石峡，我向往了一年多的红石峡。我是记错了，去年路过的时候是夏天，因为没有造访，就以为是闯王李自成死战诈降的地方，其实非斯地。不止一次看过介绍，称榆柳河出其肺腑，景象似江南，兼多摩崖石刻，我心驰久矣。出城北向，十数分钟后右前方看到第一墩，后来也去了，号称天下第一墩，是长城的一部分。左首进入，很快就看到标志，红石峡旅游区。从东面进山门，靠山正施工，看样子工程浩大。进门是下去的台阶，阳光从右方掠过，能看到河谷一色赭红，两岸石峡和河谷，莫不夺目。后来从南边的吊桥返回，一步一北顾，心中感慨，一直痴呆。东崖上有“雄石峡”的石刻，有数个洞窟，老刻石剥落后的石凹处看得见岁月，有一段需弯脊缩首贴壁寸行，眼不敢下瞅，心直上揪，反复再三，才至平缓，向南望去，榆柳大水折个湾，河水吼叫，撞石不息。在洞穴里，能看见对面崖上人高的崖刻数幅，真舒畅也。西岸稍宽，河岸皆红砂，崖脚有渠，水流可浮斗觞，渠边榆柳茂盛，几百年了。水边有高亭，在洞中的前人题诗里知是观船赏水之处。我站立亭下，想到几百年前，一个晴朗之夜，榆柳河哗啦有声，月色罩满河谷，是谁喝了几杯在低沉地吟诵着一首诗：

大漠风尘日色昏，
红旗半卷出辕门。
前军夜战洮河北，
已报生擒吐谷浑。

我想象里的白城子

9月20日，周四，晴。昨晚在宾馆七楼看到半轮月亮，明亮异常，倍感孤独。早9点半出发，一路向东，过定边安边，中午1时到靖边，一路看到路边沙丘已为沙柳覆盖，心中赞叹人工伟大。3时到白城子，从榆靖高速路口下来转向北行35公里就是。去年8月路过未入，心中一直牵挂。前一段时间读《上帝之鞭》，其中第一部分写的就是最后的单于阿提拉。我对匈奴的了解不多，看了此书最大的收获是对匈奴狼性的描述。似乎在这个已经灭亡的民族身上更能反映物竞天择的定理。在匈奴的意识里弱肉强食本是天然，也许是没有文字的缘故，留下来的记载都是他者所写的，这样的视角自然显失公平，我一直以为任何历史都离不开那个时代那个地域，只要是真实的必定是合理的，历史学家的责任只是如实记录。书后附录匈奴世系表，分东西匈奴，据说在今天的匈牙利，有其后裔，流落中原的早已汉化了。

在统万城遗址逗留两小时，在城的南垣上北望，城方而阔，当地人叫马面的城楼呈苍凉的白色，掩在黄沙和稀疏的绿色之中，当地人说城被沙埋了近6米，有那么深吗？在保存最大的西南角马面外面，我看到墙下尚有淌水的渠道，尽管下午的阳光肆虐无度，透过马面上那个大洞，我所看到的除了蓝天，还有我幻想里的一缕光芒，苍黄如沙。虽然是午后，阳光暴晒，但苍凉之美依旧未减半分。爬上西北角的马面，向东南望去，心里旷然无边，在比我还高的沙柳丛中，捡到香烟盒大小的瓦片，是那个年代的吗？在城的东边是无定河，斜阳下河谷金黄景色如画。

一 瞥

从兰州到西宁的路上，看到一些盛开的桃花和梨花，艳丽的红和白。天空迷离，充满尘埃，开了一厘米的车窗，风在呜呜地叫。去贵德要翻越拉脊山。在上山途中，看到山坡上流下的冰川。下车爬了一会儿，海拔3400米，胸闷心跳，告诉自己走缓一些。草甸上干燥破败，枯萎的草皮在很多地方已经遮盖不住黑土，很快土漫上鞋面和裤腿。心里有些不舒服。先是听到，后来看见褐色的百灵鸟，一振一鸣，飞得很快。在山口停了一下，有块牌子，标了海拔。驶过去格尔木路口不远，看到一只鹰。下了车，还能看见。往高处爬，心跳得厉害。爬上去，看见一片坳地，几溜冰河从山坡淌下。风有些力气。鹰不见踪影，而我爬得已和鹰一样高。沿着山脊走了一段，能看到几座更高的山就在眼前，山的后面还站着一座更高的山。下来的时候，看到很小的蓝色花朵，贴在枯草皮上开着，豌豆大小，一朵一朵地散开，最多两朵挤在一块。车继续行驶刚一会儿，就在那座最高山峰脚下，看到那只鹰。飞得很美，从山脊那边升起，借着风飞翔，在山坡上面盘旋，渐飞渐高，突然就升上天空，越来越小，比山顶高出很多。我看不见了，但心里满足。

坐着火车去哈尔盖

去年6月2日，从鸟岛回来，路过哈尔盖，特意拐进去看了一下。现在公路穿越的哈尔盖，是一个新建的镇子。我去过的，是有火车站的哈尔盖。

我19岁那年的暑假，和同学于长青去过。先坐火车来到西宁，玩了两天，看了塔尔寺和西关清真寺。本来想去鸟岛，打听了，说不是看鸟的季节，而且交通不便。后来在火车站看路线图，看见青海湖边有一火车站，就挨着湖。心里荡漾，和长青商量着坐火车去这个叫哈尔盖的地方看青海湖。

买了票，上了车。是蒸汽车头，发格尔木的火车。车厢是正儿八经的硬座，木板硬座。我只坐过这两次，一来一回。票价不贵，几元忘了。两个穷学生，背着个书包就去了哈尔盖。只记得在车上没东西吃，饿得厉害。到哈尔盖下车是中午，在车站前面的饭馆里吃了一碗面。是个帐篷饭馆，老板兼大师傅是位大嫂，带着两个脏兮兮的孩子。里面很暗，面碗里也看不清楚，反正是热乎乎咸兮兮的一大碗。车站广场上人不少，卖炸鱼的店铺很多，两毛一条。问青海湖咋走，人家说不远。

走出镇子，看见大片的油菜花。一直往南，走了很久。走得很累，途中被蜜蜂蜇了一下。没有路，就顺着田埂走。没有田埂，就在草原上走。草原上的花和草，在两个19岁学生的眼里，很美。走了两个多小时，快走不动的时候，看见了湖水。一路没看见人，湖边静悄悄的，湖水不太清澈，一下一下拍打着湖边的石头。现在回想起来，那个时候真是单纯，到了湖边，走得很累，也没有激动。在湖边待了几分钟，照了照片，尝了湖水。没感觉到青海湖的大美。2007年和长青结伴去西藏，去看纳木错，到湖边真是很兴奋，长青在湖边趴下来磕了头。也许是海拔的关系，缺氧，大脑容易兴奋。回来的路上，着了大雨，先看见天边黑云齐刷刷地过来，没地方躲，把上衣顶在头上，淋得湿透。大雨过去了，依旧是大太阳。回到车站，问了第二天有车次，买了票，在车站旁边找到旅馆。一间房，三张床，入住的藏族汉子已经睡了。一夜好眠。

我后来读到西川的《在哈尔盖仰望星空》，非常喜欢，尽管我没有仰望哈尔盖的星空。

我年轻的时候，坐着火车去哈尔盖，那是1983年7月底。我去年回来，想写这篇，给长青看看。但不知为什么，见他好几次，竟忘了说："我又去了一次哈尔盖。"

这篇短文献给老友于长青。

台北故宫博物院四篇

其一：送你一只散氏盘

说实话我送不了。此物现存台北故宫博物院，是镇院的宝物之一。搞书法的都知道散氏盘，盘里的铭文，是美丽的草篆。我在博物院挤在人堆里看过，也只是看个大概。我手头的几本书里，都有实物的照片和铭文的拓片，很清晰。我在网上搜了几张，也很漂亮。

散氏盘，盘高20.6厘米，口径54.3厘米。这个尺寸来自《故宫胜概（新编）》，有的书里说54.6厘米，周兵写的书也是。这只盘子有两只耳朵，一左一右，长得匀称。在博物院里的编号是故铜02376。

此盘清乾隆年间在陕西凤翔出土。周兵的书里说阮元对其考证并命名。比较权威的阮元年谱里说：

嘉庆十二年（丁卯），1807年，44岁。

正月，编《瀛舟书记》成。在扬州雷塘寻出隋炀帝陵，亲为立石，并请扬州府知府伊秉绶书碑。

是年，拓《周散氏南宫大盘》数本赠伊秉绶等人，并模铸两盘，极肖，一藏扬州府学，一藏阮氏家庙。同年，又摹刻《石鼓》于扬州府学明伦堂。

嘉庆十五年（1810）冬天，皇上五十大寿。湖南巡抚阿林保将此盘作为寿礼进献。自此，散氏盘成为皇家收藏，1935年变成国家收藏。

散氏盘是西周晚期的东西，距今快3000年了，年岁不小。盘内有铭文19行，每行19字，末行仅8字，能辨认清楚的有357字。内容是一份契约。周人把一份赔偿土地的契约铸在盛水的盘子里，流传至今。

在传世青铜器里，此盘不是最大的，也不是最早的，铭文也不是最多的。其珍贵，一是铭文内容是契约，少见，是稀缺的史料。二是铭文文字极美，是篆书的极致。写中国书法史，没有不提到散氏盘的，它和毛公鼎、石鼓文一样重要。后人学书法，临散氏盘，是必经的一路。说某人的篆书有散氏盘的风格，应是极高的评价。

散氏盘多重？我查的结果，大约有20公斤。

不重，多半袋白面，抱去吧。

其二：看了毛公鼎

台北故宫博物院里的重器，好多都有传奇，比如毛公鼎。此物立在展室中央，旁边墙上有铭文的释文，很多人凑近了看。毛公鼎非巨器，高53.8厘米，口径47厘米，重34.7公斤。与现藏北京故宫的后母戊大方鼎相比，算小儿科，但仍是国家重器。

专家考证，毛公鼎也是西周晚期的东西，时在公元前877年至公元前771年，但比散氏盘迟出土好多年（一说为乾隆中期，一说为道光二十八年，即1814年）。此物一出土，就有故事。古董商买通了当地（岐山）的县令，才弄到手。我看到的几本书和查到的资料，至少和几个名人有关系。其一，陈介祺，大收藏家。

买到手后，秘藏私室。这人收藏极其丰富，“所藏钟彝金石为近代之冠”。其二，端方，清廷重臣，两江总督。仗权势从陈家买走，嫁女的时候，准备做嫁妆。据说是婆家嫌此物名气太大没有接受。后来其后人把鼎押在天津的道胜银行。其三，叶恭绰，当过北洋政府的交通总长。1919年，他出资买下毛公鼎，因为当时有美国商人出价5万美元要买。他买了，毛公鼎就还在国内。上海沦陷，日本人要此物，几番周折，没弄去真的。后来此物转让给商人陈咏仁，以300两黄金和一个承诺：战后捐公。其四，蒋介石。抗战胜利后，陈咏仁守诺，将毛公鼎捐给国家，但是“献鼎为蒋中正寿”。蒋不糊涂，知道鼎乃国家重器，“移赠中央博物院”。

毛公鼎腹内有铭文近500字，是留世7000余件青铜器里铭文最多的一件。大部分书里说是499字。这本《故宫胜概（新编）》里说是500字。其行文书法比散氏盘周正，浑厚而不失飘逸。叫毛公鼎，是铭文乃周王颁给重臣毛公的诰命。国事艰难，王倚重毛公是耶。毛公让人铸在鼎上，流传至今。周王是宣王，颁旨的另有其人，所以铭文里有王曰之类的话。

其三：一只小船

苏轼被贬黄州的时候，写过《赤壁赋》和《后赤壁赋》。苏子好游，游必有记。这两篇文章是名篇。一篇是元丰五年（1082）七月望日，一篇是同年十月望日。距今929年了。

台北故宫博物院里的这只小船，非常小，在展橱里，放置在放大镜后。宽1.4厘米，长3.4厘米，高1.6厘米。导游解说时站在展室外边，墙上有图，船是放大了的。这只船用橄榄核雕刻，雕工叫陈祖章。雕刻此物的时间是乾隆丁巳年（1737），船有篷，船上雕有8人，各有其势，当窗而坐的是东坡居士。船底刻苏子的《后赤壁赋》，300余字，拿到眼前，也看不清楚，极小。文后署款。

这只小船名气大。其实到台北故宫博物院参观，看清楚此物的没有几个，但肯定会记得这只小船。类似的精巧物件，博物院里还有好多，比如那些珍宝格。前几年也有在米粒大的象牙上刻文章的，叫微雕。我觉得没什么意思，精巧而已。2004年台北故宫博物院搞过一个名为“比上帝还精巧”的专题展，专门展览这些令今人感叹的、曾被古人把玩的珍玩。

我在想，如果苏轼看见这只小船，会不会捋须而笑。

苏子旷达，千古一人。

其四：民众最喜欢的白菜和我喜欢的肉

台湾地区搞过民意调查，评选民众最喜欢的台北故宫博物院文物，翠玉白菜高票获得第一。作家林清玄写过这棵白菜，文章入选学生课本。因而翠玉白菜在台湾地区家喻户晓。

其实也不大，一拃长，清后期的物件。因为原来是雍和宫的摆设，就猜测是光绪瑾妃的陪嫁。叶片上有两只昆虫。据说白菜象征纯洁，小虫寓意多子。

和白菜放在同一展室的还有一块肉。我先前知道这块肉是因为我也买过一块。前年在广西，在某景点小摊上，见有肉石，买了一块，五花肉的色彩，极像。和我同行的小李，是单位的招待所所长，他买了块大的。回家当宝贝给妈妈看。老太太当即告诉我是假的，说她看电视，肉石仅有一块，在台北故宫博物院。其实我那块也是肉形石，也是石头，是广西的特产，只是像生肉，没猪皮。

台北故宫博物院的这块肉，是熟的，一块红烧肉。

小小的一块儿，谁吃了都不解馋。

很重的书

整理书架，发现一本《徒步中国》，作者是个德国小伙儿，中文名字叫雷克，写他徒步从北京走到乌鲁木齐的故事。他走了一年，走了4646公里。这本书2013年出版，写的事发生在2007年至2008年。那时雷克27岁。

我用两天读完。我的很多书买来就放在书架上，没有去读。《徒步中国》是从德语版转译过来的，译者叫麻辣tongue。

雷克走路有原则，就是走，一直走。现在他也近40岁了。

我也喜欢他路上碰见的几个伴儿。还有个中国小伙儿，专门赶来，跟他走了一天。

从西安到兰州，他选的312国道。在泾川、平凉都住过。这一路的地名，看着都很熟悉。

这些事，发生在12年前。

这本书里有一部分是图片。

书很重，我的左手食指和无名指有腱鞘炎，拿书稍久就很僵硬。

元结《右溪记》

元结任道州刺史，作《右溪记》。文不长，录下：

道州城西百余步，有小溪，南流数十步，合营溪。水抵两岸，悉皆怪石，攲嵌盘屈，不可名状。清流触石，洄悬激注；佳木异竹，垂阴相荫。

此溪若在山野之上，则宜逸民退士之所游处；在人间，则可为都邑之胜境、静者之林亭。而置州已来，无人赏爱。徘徊溪上，为之怅然。乃疏凿芜秽，俾为亭宇；植松与桂，兼之香草，以裨形胜。为溪在州右，遂命之曰右溪。刻铭石上，彰示来者。

元结，洛阳人，天宝十三载（一说十二载）中进士。刺史乃一州主官，洛阳乃唐朝时大都市。元次山活了53岁，官终容管经略使，容管为现在的广西地区。历任有政声，以诗文著称。《唐诗三百首》选其五言七言各一，我手上的这本《全唐绝句选释》（李长路编著，北京出版社1987年版），选其《欸乃曲》二首，是他48岁任道州刺史时作。

其一："湘江二月春水平，满月和风宜夜行。唱桡欲过平阳戍，守吏相呼问姓名。"

其二："下泷船似入深渊，上泷船似欲升天。泷南始到九疑郡，应绝高人乘兴船。”

欸乃，摇橹之歌。元结在序里说：大历丁未中，漫叟（自号）结为道州刺史，以军事诣都使，还州，逢春水，舟行不进，作欸乃五首，令舟子唱之，盖以取适于道路。

泷，念双，即武水，在今湖南临武、宜章一带，东江支流。九疑，即九嶷，又名苍梧山，在湖南宁远县南，传说为虞舜葬处。

道州，现湖南道县。右溪还在不在?

永州祁阳县今仍有浯溪，因摩崖石刻颜真卿书元结大唐中兴颂，称三绝。

元结也有道家情怀。其石鱼湖上醉歌：

石鱼湖，似洞庭，夏水欲满君山青。
山为樽，水为沼，酒徒历历坐洲岛。
长风连日作大浪，不能废人运酒舫。
我持长瓢坐巴丘，酌饮四坐以散愁。

唐代气象，文人多洒脱向道，漫叟亦可爱，在诗序中自述：“漫叟以公田米酿酒，因休暇，则载酒于湖上，时取一醉。欢醉中，据湖岸，引臂向鱼取酒，使舫载之，遍饮坐者。意疑倚巴丘酌于君山之上，诸子环洞庭而坐，酒舫泛泛然触波涛而往来者，乃作歌以长之。”

以公田米酿酒，呵呵。

盘谷隐事

午后读韩愈《送李愿归盘古序》。李愿，隐士，居盘谷。盘谷在今河南济源，“太行之阳有盘谷”，南阳北阴。此文作于贞元十七年，当时韩愈闲居洛阳。

唐朝文人问道者众，韩愈不是。但仕途不顺，常念叨要归隐。隐士的生活，韩愈眼里是这样的：“穷居而野处，升高而望远，坐茂树以终日，濯清泉以自洁。采于山，美可茹；钓于水，鲜可食。起居无时，惟适之安。与其有誉于前，孰若无毁于其后。与其有乐于身，孰若无忧于其心。车服不维，刀锯不加，理乱不知，黜陟不闻……”

茹，吃。维，绳，引束缚意。车服，指官职功名利禄。刀锯，刑具。理乱，治理与混乱。黜陟，贬升。

这样的日子，饮食生态，起居随性，无毁少忧，不守纪律，不惧罪罚，不管他干好干坏的功过，也不闻谁升谁降的是非，韩愈喜欢。这样的话，韩愈听了，“闻其言而壮之”，与子酒，为子歌：“嗟盘之乐兮，乐且无央；虎豹远迹兮，蛟龙遁藏；鬼神守护兮，呵禁不祥。饮且食兮寿而康，无不足兮奚所望！膏吾车兮秣吾马，从子于盘兮，终吾生以徜徉。”

唐人为诗为文，少典，直写，尚意，好读。当然韩愈终其一生没隐逸，写这篇时他34岁，第二年去国子监教书，之后做官，直到57岁告病假，年底（十二月初二）病死。

不知道盘谷，韩愈去过没有。济源在洛阳北面，现仍存盘谷寺。

外边的世界

《有待探险的世界：美国〈国家地理〉杂志经典游记及探险美文精选》，马克·詹金斯编著，生活·读书·新知三联书店2008年12月第1版，首印7000册。在这本厚而沉的书里，剪辑收编了48位探险家20世纪上半叶在《国家地理》杂志上发表的文章。他们的足迹留在世界很多角落。

我读这本书是断断续续的，那一段时间临近春节，每天下午都去喝酒。回到家基本上是喝多了，洗一洗，就上床。翻一会儿书，也就入睡了。就这样，每天晚上读几篇，晕晕地随数位探险家走一遭，今晚在印度猎虎，明晚在南极飞行。每一篇前，有关于其人其事的介绍，都不短，篇幅千字，是这位马克写的。

书前的序为西蒙·温彻斯特所写。序也是一篇美文。这位西蒙也是位资深旅行家，少年即怀壮游之志。他提到并且分析了人们旅行是为了满足两种简单而又强烈的渴望：其一，对浪漫体验的向往；其二，对冒险经历的向往。或许和许多热爱旅行的人一样，年纪还小的时候，旅行的概念建立在浪漫的故事、幻想和白日梦的基础上，长大以后则发生了变化，西蒙称之为蜕变，即："我需要去冒险，去经历风雨，去领略生命中或欢乐或艰苦的难忘时刻。"我少年的时候，读过笛福的《鲁滨孙漂流记》，那个时候的心中，充满对世界的向往。还有年轻的叶永烈们编著的《十万个为什么》，激起一个黑瘦的少年读书的渴望。

这本书里，20世纪初的探险家们所考察记录的，是当时所未知的世界的一部分。那些景色和人物事物，我们这个时代，是看不见了。借助他们的记录和描述，我们似乎也体验着。里面有一位弗拉基米尔所写的《流放西伯利亚苦寒之地》，此人不是那位弗拉基米尔·伊里奇·列宁，也是一位社会革命党人，两次被流放西伯利亚。1912年12月，他第二次被流放到罗斯库乌斯基耶，在北冰洋边，是一个被世人遗忘的角落。当然，弗拉基米尔活了下来，还又一次逃了出来。他曾经在捕获的大雁身上系上信件，想寄给莫斯科的亲人，“这些大雁总要飞回温暖的地方去”。我对这位革命者充满好奇，十月革命后，他因属克伦斯基一派而下台，反苏维埃，1953年在纽约去世。不知道他的自传写完了没有？

热　河

《帝王之都——热河》是书名，瑞典人斯文·赫定写的。我手上的这本是于广达先生翻译的，中信出版社2008年4月第1版。因是从日文版转译的，故收有日本人黑川武敏1943年2月出版的日译本的序言。序末的话有点意思："从19世纪到20世纪，在那些亲自填补了地图空白的伟大的探险家当中，作者是唯一健在的人，他今年迎来了79岁的春天，住在斯德哥尔摩梅拉尔湖畔自家的高楼里面，被书籍稿纸包围，过着悠然自得的生活。"我对黑川一无所知，只是觉得一个日本人对赫定如此膜拜，值得思考。

我买这本书是因为我去年刚去过承德。对于斯文·赫定，只知道他是19世纪末、20世纪初的西方知名探险家，考察过中国的西藏和新疆。这本书扉页的照片中，赫定着皮袄戴裘帽，席地而坐，手执纸笔，抬头前望，表情投入，我觉得是在新疆。

我对历史、地理知识没有系统学习，因而在阅读过程中有点理解上的障碍，只是阅其大概。1930年赫定从北京出发，当时是6月25日，在第一章《去承德》里，甚至记载了当日北京城里的气温，上午11时26.1摄氏度，出城后下午4时气温35.7摄氏度。够科学的。第一天乘车走了115公里，第二天50公里，第三天61公里抵达。226公里，现在走是多少？应该还是差不多。我们乘大巴4小时，已经觉得很累了。赫定看到一个衰败的热河皇家园林和寺庙，我即使爬到山顶也没有看到，通过他的记录看到了。赫定写了和珅、香妃和叶赫那拉氏，记录得甚为传奇，但嘉庆给和珅定的20项大罪，似无误。还记了那些对承德古迹和文物的破坏者和盗窃者，如昆源、熊希龄、姜桂题。下面这一段文字记下了斯文·赫定的赞美和叹息：

在寺院那仰翘的房檐处，至今仍然吊着的小铜铃，被隐约的微风摇荡着，奏出乏味的悲凉曲调。这铜铃从乾隆时就一直响个不停。而今，面对这新的时代仍旧哼着昔日的老曲。这曾经通报欢庆宴会和祝捷酒会开始的铜铃，现在却时过境迁，宣告了荣华的悲哀，一切皆空，昔日不在。

我们怎么聚会

临近春节，一场好雪下得洋洋洒洒。晚上翻一本《宋史十讲》（邓广铭著，中华书局2008年版），看到邓先生写于1986年的一篇短文，讲北宋一帮卸任公务员聚会的事。聚会曰耆英会，60岁以上称耆。时在宋神宗元丰五年（1082）正月，这一年我最喜欢的两个宋朝人，苏轼在黄州，米芾在潮州，一个被监视居住，一个在州学混生活。后人之所以知道有耆英会这回事，是因为与会的12个人中有一位叫司马光的把聚会这事记下来了，司马时年64岁，是唯一70岁以下的。邓先生学问深，搞了一辈子宋史，在一本《司马氏源流集略》里发现了《洛阳耆英会序》，说的就是这事。与会的大多已退休，或者称官场失意者，一共12人，自诩老而贤。聚在一起干吗？北宋神宗时期是一个改革的年代，也是党争的年代，一批曾经为官的现在闲居的，凑在一起，不会光是喝喝小酒灌灌茶汤吧。到底干什么，司马没写，老邓也没考证，算我瞎猜。

其实我要说的是耆英会的会约，邓先生写这篇文章也是说会规定得好，对20世纪80年代的聚会招待有借鉴的价值。哈哈，邓先生也是有感而发，老先生认真了。会约8条：

1．序齿不序官。即以年龄排座次，不依官职的大小。

2．为具务简素。具者，用具也，宴会所用的器具，盘啊，碟呀，千万勿用那些名贵的宋瓷，就用黑粗老碗吧——现在也是宝贝，谁让咱就在宋朝，不差瓷。

3．朝夕食不过五味，菜、果、脯、醢之类，共不过20器。来了两顿饭，每顿四菜一汤的标准。酱菜、果脯、肉酱等类的酒肴，不超过20盘（碗、碟）。咱不是还有佐酒的时事吗？多了去了，那王荆公不是也罢相了吗？

4．酒巡无算，深浅自斟，主人不劝，客亦不辞。看来那个年代酒壶也是按序传递的，你想倒多少随你，酒量大一口闷，酒量浅舔一舔也没关系。做东的不劝，当客的也不作假。酒不醉人人自醉，况且蒸馏酒是元朝才有的东西。

5．逐巡无下酒时，作菜羹不禁。酒壶传了一巡又一巡，下酒菜没有了，就弄些菜汤吧。

6．召客共用一简，客注可否于字下，不别作简。请柬一张，开列所有客人的字，只需本人在自己的字下注明来否。通信员跑一趟，谁来谁不来就知道了。

7．会日早赴，不待速。此处的速，当邀请讲。聚会要早来，不要主人再催请。什么年月都是席好备客难请，宋朝没有手机，等你把黄花菜等都凉了。

8．右有违约者，每事罚一巨觥。以上8条，每犯其一，罚一大杯酒。先人写字自右而左，所以说违犯右面的规定咋办。这最后一条，是罚则。

据说耆英会的场景有一画家给画下来了，叫《耆英图》。明朝还有人在司马的后人那里见过，后来就失传了，甚憾。

道这个夜工

我不记得是第几次读这本书了。在我的藏书中，有一小部分是我喜欢的，过一段时间就会有再读一遍的念头，就会拣出来一口气读下去。这本《夜工》就是其中之一。最近住院，不知怎么就想起这本，费了些事，从家里捎来了。埋头读了两遍。我不记得第一次读的印象了，我也不记得作者是谁了，毕竟离我最后一次读它，有近10年了。

这本书是欧文·肖写的，他的《幼狮》也是我喜欢的长篇小说，上下两册，我还记得上一次住院，我又读过一次，我记不清楚还在不在我的书架上。搬过几次家，我的第二任妻子恨我，捎带着恨我的书，卖废纸卖了一部分，又挑走了一部分装帧华丽的门面货，其实劫后余生的都是我所珍爱的，比如这本，还有海明威和博尔赫斯的短篇小说、沈从文的那套全集，这些都很便宜，开本也小。殊不知书本的价值，不在于它穿件什么外套。

我扯远了。我手里的《夜工》，是陕西人民出版社1987年5月第1版，我购于当年12月5日，书价两块八。我此后没见过新版本。译者是周仲安、任治稷。这是一个关于成长的故事。

我之所以喜欢，是因为我至今仍在成长。欧文写了挫折，盗穷，欺骗，亲情，友情，金钱，当然还有爱情。道，是道格拉斯·特莱诺·格里姆斯。在书里，和道格拉斯亲近的人都叫他道。我也叫他道吧。

说道。道是个飞行员。在20世纪70年代的美国，一个飞行员，尽管道有点口吃、腼腆，收入和生活属于过得比较滋润的一个阶层。他还有一个他喜欢的准备要求婚的姑娘。这一年道30岁，突变来了。在例行体检的时候，道被发现有眼疾，不能再飞了。梦醒的道陷入迷茫。他只和所爱的姑娘告了别，那告别是又一次打击。欧文写道："不过她眼里没有泪水，也没有说她爱我。要是说了，事情也许不一样了，可她没说。"道去了纽约，在路上他想："支配一切的法则是偶然性，就像掷一颗骰子，翻一张牌一样。"三年后，这偶然来啦。已经沦为夜工的道，在值夜班时从另一个猝死"夜工"那里盗走了10万美元。自此道的生活又一次发生突变，他的人生和故事才真正开始。

道因为这10万美金，改变了自己的人生。在故事里，道帮助落魄的哥哥，认识了后来成为他妻子的女人，结识了费边：先是偷了他，后来成为道的合伙人，他的导师、朋友、亲人。应该讲，如果没有费边，这本故事我猜不出会怎么写。费边关于金钱，有这样的说法："我对钱的概念基于这么一点——自由。自由自在地行动，自由自在地做人，自由自在地说话。没有这种自由的人是网中的老鼠，那才叫可怜呢。"真是这样吗？所幸的是这不是全部，起码这不是道心里所信奉的。因而费边死了，而道活着，安心地活着。

因为拥有一大笔钱，尽管来路很黑暗，道一夜之间变得不再口吃。

欧文是大师，我对故事里告别的场景很是佩服，非大家不能为。我把书的结尾抄在这里：

我站起身，走去把所有的灯全都打开，然后，我站在展厅中央，凝视着墙上的画。这些画是安琪洛·奎恩的父亲到处流浪的见证，它们炎热似火，熠熠发光。

读博文《入埃及记》

春天来了，周日出城，看到路边草丛的一抹芽绿。想起21年前在高楼乡扶贫时写的一篇小说《寸草之事》，也是这个时节，乍暖还寒。我记得站在塬边，望着眼底的大沟，因为年轻，因为迷茫。望得时间久了，觉得心胸空旷。收眼看看脚下，浅浅的也是一片隐隐的绿色。

我向来服气走得远的人，喜欢读一些走出去写出来的文字。近两年这类书出版了不少，读了厚厚薄薄的几十本。前年读过一本《下一站埃及》，心驰神往。当然我把它列为必去之地。这两年，关于埃及和行走埃及的书，碰上了总要读看揣摩一番，比如那本破解古埃及象形文字的书。尽管对我来说专业了一些，出于偏爱，还是从前往后囫囵读完了。

前几天上新浪，看到BJQIQI的博文《入埃及记》，因为看过摩西出埃及记的电影，晓得此人聪明，遂点开看了。连序共26篇，近3万字，配有自拍的几百张照片，文字和照片都好。

BJQIQI年轻，照片上也就20出头，一小帅哥。其他的博文还没来得及看，看题目去过不少地方。这一篇是回来后所记，走过，看过，想过，“入埃及前，埃及在我心底只是个古老文明的符号，入埃及后，这个符号渐变成了无数的崇拜与敬畏。”在序里，年轻的BJQIQI说，“借用旧约里出埃及记之题，并非贪

图一个伟大的标题，而确是想真真切切记录下我入埃及的这次平凡旅行，以及它所带给我的不平凡的感悟。”

面对同一个世界，每一个个体的看法和感受不一，这许许多多个唯一构成一个丰富多彩的世界，允许甚至鼓励每一个个体的表达，这是社会的进步。现代社会科技和信息的发达，把整个地球放大拉近，还有我们想知道而了解无门的地方和东西吗？我想在看世界和认识事物的角度和出发点上，因为每一位个体的差异，所出现的不一样，是每一个个体之所以行走不已的动力所在，价值所在。美在运动，林语堂先生在探讨中国书画美学的时候，讲过这个。他讲的是关于韵味节奏布局。我把它借过来，来赞美这些行走着，记录着，感悟着，展示着的新驴友或资深行者。

《入埃及记》的文字简练，行文优美，少卖弄多体验。我喜欢这样机智而一语中的的标题：分隔天堂与地狱的河；在这里，时间静止，文明不止；开罗有源，信仰无边。我同样也喜欢这句谚语：“人怕时间，时间怕金字塔。”有些图不看就忘记，有些话不说就逝去，这是BJQIQI在他的博客上的题词，我深以为是。

在BJQIQI的照片里，埃及的天空湛蓝。

我家的蜘蛛

最近整理照片，从我的卡片机里看到这几张。我家的蜘蛛，就住在院子西墙的金银花树上。树种了有几年了，长得茂盛，谁来见了都说好。搬到这个院子，妈妈就种下这棵树，还有一棵爬山虎，都长得极茂盛，天一还暖就发芽，到夏初已经发得叶茂遮天了。当然这天是小小的一绺，左右让邻居的高房遮住了。金银花是多年生常绿藤本植物，也顺着墙爬，枝条向有空间处伸展，发得多了，妈妈让支一个架子，竹子绑成篱笆样，一边搁在东边的厨房顶沿，一边架在西邻墙沿，一进院门，头顶一片绿色。金银花每年要开两次，白的黄的花朵密密的，闻起来很香。有树就有蜂子，大的小的，在花朵上盘旋，有几次我看见来的蜂子极大，像传说中的蜂鸟，扇动频次极高的翅膀，竖立的躯体，还有长长的尖嘴，准确地一下下在花壶里吸蜜。是不是蜂鸟？我宁愿它是。我就要说到我家的蜘蛛了，也是大的小的都有，就住在树枝间，不细看很难发现。织很漂亮的网，捕捉飞虫。老吊在网边，你碰它一下，它会向下滑一下，然后把手足蜷起来装死，哈哈。我看见了喜欢逗它们一下，然后看。这一只比较大，有小蚕豆大，晚饭后它在活动，我就用相机拍下来了。这是去年夏天的旧事。

我的左脚

我有一只左脚。其实我是想写写我的左脚。

我穿43码的鞋，是成人以后的事。小时候穿布鞋，黑条绒面的那种，手工做的，鞋底要一针一线地纳，很费时。我的脚急着长，所以现在还记得大拇指头顶出鞋尖的模样。住在乡下，漫山遍野地跑，鞋底磨穿是常有的事。穿烂一双，不知道啥时才有下一双。所以看见别人穿新鞋，很是羡慕。有年腊月，我的玩伴瘦杆子穿着一双新棉鞋，几个人围着火盆吹牛，不料意让炭火在鞋面上烧了个洞，吓得瘦杆子不敢回家。锁娃聪明，用黑炭把烧出的棉花涂黑。当然结局是让瘦杆子精明强悍的妈发现了。我之所以还记得这事，是因为我们三个都挨了一笤帚。那时候都是土路，我家有双雨鞋，下雨穿上美啊，好多人没有！水里泥里大步蹚去。有年秋天阴雨连绵，下了二十几天，我一直穿着我家的雨鞋。脏了在水坑里刷刷，依旧黑亮，只是把腿肚子磨烂了一圈，沾水就疼。上初中的时候，我有了一双胶鞋，鞋面上有条松紧带，是妈妈穿过的，现在想我那时候穿38码鞋了，13岁。1980年冬天，我在复读，学得认真，父亲用发的烤火费给我买了一双翻毛皮鞋，16块人民币，胶底黄牛皮面，穿鞋带，温暖至今。上了大学，有了经济支配权，跟同学的风，也在兰州十里店百货商店买得一双皮鞋，尽管是猪皮的，也新鲜了好长时间。

那时候最卖派的是三接头，鞋尖有块钢板，踢什么都狠。

原谅我写东西跑题。我是要写我的左脚的。我的左脚走过很多路，当然我的右脚也是。我的穿过布鞋胶鞋皮鞋的左脚，在小指头外侧，现在有一块硬皮，大豆大小，一周不削，就磨得疼，当然右脚也是。走几天就长起来了，像指甲和头发。我的身体，在贴近大地的地方，有两块不断生长的让我疼痛让我想起我的左脚和右脚的部位。这是第一处，第二处在我的左脚的脚面。靠近脚腕的平处，也是一粒大豆大小的褐疤。也是冬天，一个寒冷的冬天，也下着雪。我住的屋子生了炉子。那个时候我的大朋友兰保平去世时间不长，有一次喝酒和玉龙说起他，惹得玉龙眼泪吧嗒说了好多。那天晚上我是在写保平，写我们那年腊月雪夜在高凯家喝完酒，保平踏雪回去了，一路燃放着双响炮，很远了还能听见乒乓的声音。写着写着，炉子上坐的一壶水就开得很响，起来灌水，一提壶把炉盘提起来又掉下来，刚好砸在左脚面上，烫出一块疤。

我其实想说的是我的左脚的第三处痛点。去年左脚前掌硬了一块，也是走路磨得疼，剪薄了就不疼。后来发现有针尖大的一个洞，深入掌内。以为是鸡眼，买了药膏，贴，再贴，再再贴，拔烂了一大块，以为去了根，结果和小指头外侧的一样，只是更贴近大地了。后来在靠近第二根指头的脚掌部位，又长了一块，像孪生的一样。就这样，我边走着路，边不断修着我的左脚，已经有段日子了。

写到这里，可以知道我的左脚其实是一只病足。经常需要修理的我身体重要的一部分。之所以重要，是因为我要关注它，帮助它，否则它就会让我感到行走的痛苦。这家伙比我的右脚和我亲密，一直以痛来提醒我有一只左脚。

后　记

这是我的第二本诗集，仍然很薄。学习写作四十年，写东西的时间集中在前面的十年和后面的十年。

《遗失的诗篇》出版后，大家叫我诗人。其实我算不上诗人，面对灿烂星河里的前辈先贤，我只能算是诗神脚下的一粒尘埃，我写出来的那些篇章，只是略有诗意的文字而已。“虽不能至，心向往之”，就是这些仅存的诗意，一次又一次，让我有了写作的冲动，和对写作的坚持。就这样，十年间，又积累了一些习作。和过去的习作相比较，写作过程中，自觉谋求了文字和诗意的直白，只求能读到诗意即可。这些习作给相熟相知的朋友看了，大家给予肯定，故而决定结集出版。

收录的大部分习作写于行旅，故题名《行走的诗篇》。

写这篇后记的时候，正值秋天。在大明宫遗址公园散步，走在大唐的遗址里，自觉想起喜爱的诗人，李白、杜甫、孟浩然、白居易，还有宋代的苏东坡和陆游。一个时代过去了，宏伟的宫殿消失了，而诗篇还在，诗意永存。

在诗歌习作之后，还收录了少量有关读书行走的随笔文字，单独出版数量不够，故附录在后。中间插页，是我拍的十来幅照片，有点意思而已。

感谢老友马野，为这本诗集作序，帮我勘正文字的谬误。感谢春风文艺出版社的优秀编辑姚宏越，有他的帮助，才有这本诗集的出版。

这本诗集献给和我一起行走的朋友们。

杨　漪

2023年10月于甘肃庆阳